Nach der Schlacht zeigt uns Vietnam gestern und heute, eine traumatisierte Kultur. Das Kino hat uns an eine Fremdperspektive gewöhnt: Von Cimino über Coppola und Kubrick bis zu Levinson und Stone weist Hollywood Vietnam als amerikanische Tragödie aus. Le Minh Khue aber eröffnet einen anderen Blick, den Blick von innen. Zwischen Pragmatismus und trockenem Humor hält sich der bittere Nachgeschmack von Krieg und Machtmissbrauch, wir sehen Leute ohnmächtig und vereinzelt den Nachwirkungen der Geschichte gegenüberstehen. Es ist schnörkellose Literatur ohne Sicherheitsabstand, die ruhig und kühl vom Alltag im Schatten brachialster Gewalt erzählt.

Die 1949 geborene Le Minh Khue verlor in den Wirren der Landreform ihre Eltern und wuchs unter dem Bombardement der US-Luftwaffe bei Onkel und Tante auf. Beide lasen leidenschaftlich und kämpften gegen die Fremdherrschaft. Mit 16 meldete sich Le Minh Khue zur Armee und kam in eine Jugendbrigade, die am Ho Chi Minh-Pfad die Verbindungswege offen hielt. Vier Jahre lebte sie im Dschungel. In ruhigen Stunden las sie Tschechow, London, Steinbeck und Hemingway und begann aufzuschreiben, was um sie herum geschah. 1969 ging sie zurück nach Hanoi, war sechs Jahre als Kriegsberichterstatterin für Presse und Rundfunk tätig und zog in den letzten Kriegstagen mit einer Einheit nach Da Nang. Nach dem Krieg wurde sie Lektorin bei Nha xuat ban hoi nha van (Verlag des Vietnamesischen Schriftstellerverbands) in Hanoi. Daneben schrieb sie Romane und Geschichten, in denen sich Vietnams Nachkriegsentwicklung widerspiegelt.

Le Minh Khues Erzählungen sind keine Genre-Texte, es sind sondierende, dem Realismus verpflichtete Sittenbilder über die Folgen des Krieges, aber auch über eine uneitle Kultur, die in der Gegenwart neue, eigene Wurzeln auszubilden sucht. Die fast spröde angelegten Figuren und ihre Odysseen vermitteln eine Ahnung vom mühsamen Ringen um Frieden, um Emanzipation von der kolonialen Prägung und um eine Zukunft, in der die Narben heilen können. *Else Laudan*

Anmerkungen und ein Glossar finden sich am Ende des Buchs.

Le Minh Khue

NACH DER SCHLACHT

Deutsch von Günter Giesenfeld,
Marianne Ngo und Aurora Ngo

Ariadne 1215
Argument Verlag

Ariadne
Herausgegeben von Else Laudan

Herzlichen Dank an Marianne Ngo und Günter Giesenfeld, durch deren Engagement dieses Projekt möglich wurde und die die meiste Arbeit damit hatten.

»Stürmische Zeiten«: Nhiệt đới gió mùa (2011),
in: *Nhiệt đới gió mùa*, Hanoi
(Verlag nhà xuất bản hội nhà văn) 2012

»Eine kleine Tragödie«: Bi kịch nhỏ (1986),
in: *Một mình qua đường*, Hanoi
(Verlag nhà xuất bản hội nhà văn) 2006

Glashüttenstraße 28, 20357 Hamburg
Telefon 040/4018000 – Fax 040/40180020
www.argument.de
Umschlag: Martin Grundmann
Lektorat: Iris Konopik
Druck und Bindung: CPI books GmbH, Leck
Gedruckt auf säure- und chlorfreiem Papier
ISBN 978-3-86754-215-9
Erste Auflage 2017

Le Minh Khue

NACH DER SCHLACHT

Stürmische Zeiten

Eins

Sein Gesicht war fast nicht zu erkennen, ein blutiger Fleischklumpen, vom Messer zerhackt.

Quy bekam kaum Luft. Mit jedem Atemzug sprudelte Blut aus seiner Nase, dennoch richtete er seinen Blick mühsam auf die Baracke mit dem Blechdach auf der anderen Hofseite, in der man nach dem überraschenden Überfall auf diesen Stützpunkt in der Nacht zuvor die nordvietnamesischen Soldaten eingesperrt hatte. In dem Raum, in dem Quy sich befand, standen ein paar Stühle aus Plastik oder Aluminium, die per Hubschrauber hierher transportiert worden waren. Soldaten liefen geschäftig hin und her, brachten auf Tragbahren Verwundete zum Helikopter, M16-Gewehre im Anschlag, bereit, Kugeln zu versprühen wie Regen. Durch den Blutverlust nahezu ohnmächtig, dachte Quy darüber nach, dass er vielleicht hätte entkommen können, obwohl er von einer Mine am Bein getroffen worden war. Aber er hatte sich umgedreht nach dem Versteck von Hieu, dabei Duc und Phat ineinander verschlungen tot daliegen sehen, laut aufgeschrien und nicht mehr weiterlaufen können. Genau in diesem Moment hatte drüben ein Maschinengewehr losgerattert …

Jetzt spürte Quy keinen Schmerz mehr, er fühlte nur, wie das Leben langsam aus seinem Körper strömte. Er hörte die Soldaten, die sich laut rufend in allerlei Dialekten verständigten, vom tiefsten Südvietnamesisch über das Mittelvietnamesische bis hin zum Dialekt von Hue, ja sogar in Nordvietnamesisch. Der Kerl mit dem nördlichen Zungenschlag war offenbar Hauptmann Phong. Er trug einen Stahlhelm und Militärstiefel, rauchte, wirbelte mit den Händen irgendeine Strippe durch die Luft. Als Quy ihn eingehender betrachtete, stellte er verblüfft fest, dass der Kerl Hieu ungemein ähnlich sah: groß, mit geraden Beinen, hochgereckte Nase, hohe Wangenknochen, feingeschnittene hagere männliche Gesichtszüge – all das deutete darauf hin, dass er aus dem Norden stammte. Quy hatte Mühe, scharf zu sehen und seine Beobachtung zu überprüfen, Blut floss ihm übers Gesicht.

Hieu war an ihrer Marine-Akademie Studentenvertreter gewesen, dann Quys Kompaniechef geworden; gestern waren sie zusammen hinter den Zaun in Feindesgebiet eingedrungen, und bestimmt war inzwischen auch Hieu dieser Bande in die Hände gefallen. Von ihrer Gruppe waren außer ihm nur Hieu und Nham noch am Leben. Da war er sich sicher. Quy erinnerte sich, wie er früher als Schüler oft bei Hieu zu Hause gewesen und von dessen Mutter mit Nudelsuppe und Eiern bewirtet worden war. Warum sah dieser Kerl hier ihm bloß so ähnlich? Und damit auch Hieus Vater, Herrn Co? Warum hatte Hieu nie erzählt, dass er einen Bruder im Süden hatte? Quys Gedächtnis arbeitete fieberhaft. Das Nachdenken zehrte an seinen Kräften. Sein gesamter Organismus schien sich aufzulehnen, sich gegen das Ende zu wehren. Quy war vollkommen klar im Kopf, obwohl er seine Glieder nicht rühren konnte, obwohl er trotz größter Anstrengung kaum einen Ton herausbrachte … Draußen auf dem Hof eskortierten zwei Soldaten einen Gefangenen in zerrissener Kleidung irgendwohin. Er schwankte, der Soldat neben ihm musste ihn stützen. Der andere machte sich einen Spaß daraus, ihm die Fußspitze in die Kniekehle zu stoßen, so dass er stürzte. Dem Ersten passte diese Art von Scherzen offenbar nicht. Die beiden gerieten in Streit, dann verschwanden alle drei hinter den Wellblechbaracken. Im gleichen Moment sah Quy, wie Hieu, lediglich in Shorts und mit auf dem Rücken gefesselten Händen, und hinter ihm Nham, auch er in Shorts, von zwei Soldaten ebenfalls hinter den Block der Wellblechhütten getrieben wurden. Obwohl Quy sich kaum noch wach halten konnte, bemerkte er wieder die außergewöhnliche Ähnlichkeit zwischen dem Kerl, dem Offizier, der dort stand und rauchte, und seinem Kompaniechef Hieu.

Der Kerl kam herein, musterte die Tragbahre, auf der Quy lag, daneben müde der Wachsoldat auf seinem Metallstuhl. »Wird der abtransportiert?«

»Jawohl, Herr Hauptmann, wir warten auf den nächsten Hubschrauber.«

»Bei den Verletzungen bringt das doch nichts. Wir sollten ihn hier in der Krankenstation behalten und ihn ausquetschen. Danach kann man ihn gleich verscharren, so macht er es eh nicht mehr lang ...«, sagte der Kerl und beugte sich über das übel zugerichtete Gesicht. Er sprach im gleichgültigen Ton eines Mannes, der sein Metier beherrschte, den Anblick von Leichen gewohnt war, sich auf den Umgang mit Kriegsgefangenen verstand. Quy lauschte angestrengt. Es war wirklich unglaublich: Auch seine Stimme glich der von Hieu, es war der geschmeidig-melodische Klang der Hanoier in den 50er Jahren. Quy, selbst aus Hanoi, hatte schon damals den Tonfall der Männer aus den vornehmen gebildeten Familien, die in den alten Stadtvierteln lebten, bewundert.

Der Offizier wandte sich ihm zu. »Hast du was zu sagen?«

Quy wollte gerade ein verneinendes Zeichen geben, da bäumte sich sein wie leblos daliegender Körper schlagartig noch einmal auf. Er versuchte zu sprechen, aber aus seinem blutigen Mund kam nur ein unverständliches Nuscheln.

Der Offizier unterdrückte seinen Ekel vor dem Blutgeruch und dem Gestank der Gase, die der Körper kurz vor dem Tod absonderte, und bückte sich.

Quy bewegte ein paar Finger, und dann sprudelten plötzlich, unerwartet, Worte aus ihm hervor: »Ich bin nur ein einfacher Soldat, ich habe meine Pflicht getan als ein Soldat, der nichts weiß und nichts aussagen kann. Ich opfere mein Leben für das Vaterland und ich bitte darum, dass man mich, wenn ich tot bin, mit meinem Namen in der Hemdtasche begräbt … Ich bin Quy aus der Ba Trieu-Straße in Hanoi … Wie können meine Eltern es erfahren? Mit mir wurden zwei weitere Männer gefangen genommen, ich habe gesehen, wie sie nach da hinten abgeführt wurden … Einer von ihnen ist ein Nachbar von mir, bitte benachrichtigen Sie ihn von meinem Tod …«

»Welcher?«, fragte Phong und versuchte in dem blutüberströmten Gesicht einen Mann zu erkennen, der doch tatsächlich in der Stadt seiner Kindheit gelebt hatte. Phong erinnerte sich an die riesigen *xa cu*-Bäume[1], die den Häusern Schatten spendeten, die Straßenbahn, die bimmelte wie in den alten Spielfilmen, das blendend weiße Eis am Stiel mit Kokosgeschmack, das Eiscafé Long Van mit Ausblick auf die The Huc-Brücke … Unwillkürlich empfand Phong so etwas wie Mitgefühl mit dem im Sterben liegenden ideologischen Gegner. »Was war das eben mit dem Nachbarn?«

»Ich habe zwei Freunde, die mit mir gefangen genommen wurden. Einer ist aus Hanoi. Sein Name ist Hieu, sein Vater ist Herr Co in der Ba Trieu-Straße …«

Phong fing an zu grübeln. Ba Trieu? Hieß diese Straße in der Franzosenzeit vielleicht Gia Long? Ich habe in meiner Kinderzeit nie von einer Ba Trieu-Straße gehört!

»Wessen Sohn?«, fragte Phong nach.

»Der Sohn von Professor Co, der an der Architekturakademie lehrte, seine Mutter ist Frau Han, Apothekerin …« Quy versuchte, dem südvietnamesischen Offizier möglichst viel Hintergrund über Hieu zu liefern, denn er zweifelte jetzt nicht mehr daran, dass diese beiden verwandt waren, wie sonst konnten sie sich so ähnlich sehen, fast wie Zwillinge? Konnte das Hieu vielleicht das Leben retten? Solche persönlichen Informationen schadeten weder Hieu noch der Armee, außerdem würde er selbst sowieso bald tot sein, also konnte ihm niemand einen Vorwurf machen, Hauptsache, Hieu und Nham überlebten.

Phong sprang auf, am ganzen Leib zitternd vor Aufregung. Dieser Gefangene gab ihm gerade Informationen über den Menschen, nach dem er schon so lange auf dieser Seite des elektrischen Zauns suchte. Laut rief er in Richtung der Krankenstation mit dem roten Kreuz auf der anderen Seite des glatt zementierten Hofs: »Hierher! Sofort diesen Mann versorgen!«

Zwei Überläufer aus dem Strafbataillon[2] rannten mit gesenktem Kopf und grünlich angelaufenen Gesichtern herbei und hoben die Tragbahre an. Einer nahm ein Stück Mull und wischte das Blut von Quys Gesicht, so dass seine todmüden Augen zum Vorschein kamen, die einst, als er mit seinen Freunden auf den Straßen Hanois mit dem Fahrrad unterwegs war, schön gewesen sein mochten. Als Phong weggegangen und der Wachposten abgelenkt war, weil er drinnen nach etwas zu trinken suchte, bückte sich ein anderer Überläufer in der Annahme, dass Quy noch bei Bewusstsein war, zu ihm hinunter. »He, der Offizier da ist ein Verhörspezialist! Ich verstehe nicht, warum du heute so nett behandelt wirst, wo der doch sonst furchtbar kalt und grausam ist. Also sei nicht dickköpfig, damit schadest du dir nur. Er prügelt nicht selbst, er hat aber viele routinierte Leute. Wenn du also etwas weißt, dann solltest du aussagen …« Da kam Phong zurück, der Überläufer verstummte und ging weg.

Phong rief: »Halt! Ich habe noch eine Frage.« Er stellte fest, dass die Augen des Gefangenen regungslos waren und das Blut nicht weiter aus seiner Nase quoll. Die beiden Träger senkten den Kopf. Phong befahl: »Drückt ihm die Augen zu!« Einer der Träger setzte sein Ende der Bahre ab und schloss Quy die Augen, dann wischte er seine blutverschmierte Hand am Hemd des Gefangenen ab, dessen Schulterpartie schon ganz steif war vom eingetrockneten Blut. Phong nahm einen Zettel, schrieb darauf die Worte »Quy aus der Ba Trieu-Straße,

Hanoi«, steckte ihn in einen Plastikbeutel für Mullbinden, den er aus dem Sanitätszimmer holte, und schob diesen in Quys Hemdtasche. Es war eine Geste, wie man sie unwillkürlich ausführt, wenn man zufälliger Ohrenzeuge des letzten Wunschs eines Sterbenden wird.

Dies geschah unter den erstaunten Blicken der beiden aus dem Strafbataillon, die erst auf die eine Seite übergelaufen waren aus Todesangst, dann auf die andere, ebenfalls aus Todesangst. Und nun wurden sie als Vorposten in Zone Eins[3] geschickt, um einen Dienst zu tun, der noch gefährlicher war als der Einsatz an der Waffe. Als Phong außer Sicht war, sahen die beiden sich an und schüttelten den Kopf, dann trugen sie die Bahre mit dem toten Gefangenen zum Leichenhaus, am Nachmittag würde die Planierraupe den Sandhügel dort hinten abtragen und eine Grube ausheben. Ein Toter, egal auf welcher Seite er gestorben war, blieb doch das Kind einer sich sorgenden Mutter. Sich um ein Grab zu kümmern schadete nichts, auch wenn es für die zuständige Deserteurtruppe eine Plackerei war, die Leichen beider Seiten zu begraben und Gräber mit Steinen zu markieren, die, wie jeder wusste, schon bald vom nächsten Sandsturm weggefegt würden. »Im heimatlichen Sandboden liegt man auch nahe den Eltern!«, flüsterte der Überläufer zum Abschied und strich Quy übers Haar.

Phong schritt in Gedanken versunken dahin, den Gruß der Offiziere aus dem Befehlsstand erwiderte er nicht. Er erinnerte sich daran, was seine Mutter über die Gia Long-Straße gesagt hatte, wenn sie dort ab und zu in der Rikscha entlangfuhren. Sie zeigte dann auf die dreigeschossige, von Mauern umgebene Villa und erklärte, das sei das Haus seines Vaters, aber sie beide seien gesellschaftlich nicht anerkannt und dürften es nicht betreten. Phong sah die Liane vor sich, die die Wand emporrankte, das imposante eiserne Tor, den gedämpften Schein der Lampen im zweiten Stock, wobei er damals nicht wusste, wer der glückliche Bewohner dieses Zimmers war. Gut möglich, dass die ruhige, verkehrsarme Gia Long-Straße von damals, im Jahr 1952, später umbenannt wurde in Ba Trieu-Straße. Also Herr Co! Um wen sonst konnte es sich handeln!

Der große Sergeant beobachtete den Vernehmungsoffizier mit einer Mischung aus Respekt und Furcht. Er kannte die Verhöre, auf deren Grundlage die Gefangenen in verschiedene Kategorien eingeteilt wurden. Wohin wurden sie gebracht? Wurden sie interniert, um ihnen weitere Informationen abzupressen, oder wurden sie nach Phu Quoc deportiert? Die Verhöre waren wirklich sehr hart, wirklich grausam. Leute mit schwachen Nerven fingen an zu zittern. Er selbst war schon lange hier, aber an die Schmerzensschreie, das Gebrüll, das drüben aus dem Kellerschacht drang und manchmal nicht mehr von einem Menschen zu kommen schien, hatte er sich bis heute nicht gewöhnt. Der Sergeant salutierte, die Hand an der Schläfe.

»Geht's gut?«

»Danke, Hauptmann, alles in Ordnung.«

»Wo befinden sich die nordvietnamesischen Neuzugänge? – Nein, ich will nicht rein, nur durchs Observierungsfenster gucken!«

Phong blickte durch das handbreite, aus der eisernen Tür ausgefräste kleine Fenster. Die beiden nordvietnamesischen Soldaten saßen in ihren mit Blut und feuchtem Sand befleckten kurzen Hosen auf dem nackten Boden des knapp zwei Meter breiten, sargähnlichen Raums und flüsterten miteinander. Phong wies den Sergeant an: »Diese Kerle bleiben hier, nicht per Hubschrauber überstellen!«

Der Sergeant salutierte.

Phong taxierte noch einmal den Gefangenen mit dem hochgewachsenen, schlanken Körper, seine breiten, athletischen Schultern und die kräftigen langen Beine. Kein Zweifel: Phong erblickte sein Ebenbild. Seine Mutter hatte immer gesagt, sie finde es unglaublich, wie sehr die Nachfahren des Herrn Gouverneurs, Phongs Großvater väterlicherseits, einander glichen, und zwar egal, ob es Herrn Cos Brüder oder seine Kinder waren – begegnete man einem von ihnen irgendwo, wusste man sofort: Der gehört zur Familie. Das gute Aussehen, das gewinnende Wesen der männlichen Familienmitglieder zog häufig Unheil nach sich wegen der Geliebten und außerehelichen Kinder und der dadurch ausgelösten Eifersüchteleien der Frauen. Phong betrachtete sein Ebenbild dort drinnen und erkannte mit Befremden, wie sein langjähriger Wunschtraum endlich Wirklichkeit wurde. Er hatte so sehr gehofft, Hieu als Vernehmungsoffizier zu begegnen.

Unvermittelt brüllte er: »Wer von euch heißt Hieu? Aufstehn! Sofort!«

Sein Ebenbild richtete sich langsam auf, nicht aus Müdigkeit oder wegen seiner Verletzungen, diese Langsamkeit war vielmehr Ausdruck einer provozierenden Gleichgültigkeit.

»Na also!«, rief Phong, und plötzlich brach es aus ihm heraus: »Spar dir deine Arroganz! Hier drin ist Schluss mit der nordvietnamesischen Hochnäsigkeit, verstanden!«

Der Sergeant war überrascht, dass der Chef den Gefangenen so durch die Tür anschrie, ohne sich ihm zu zeigen. Phong wirkte starr von Kopf bis Fuß, dabei prickelte es vor Hochspannung in all seinen Poren, als würde er von tausend Nadeln gestochen. Seine Ahnung hatte sich bestätigt.

Pat von der CIA hatte damals wie eine Hyäne die richtige Spur gewittert: »Wenn du den Kerl, den du jagst, stellen willst, musst du rauf in Zone Eins. Du hast gehört, dass er als Student in die Armee eingetreten ist?«

»Richtig.« Phong führte aus, dass seine Mutter noch in Kontakt stand zu Herrn Cos jüngerem Bruder, der in Frankreich lebte. Da der Briefverkehr zwischen Nordvietnam und Frankreich kaum gestört war, erreichten ihn weiterhin Nachrichten über Herrn Cos Familie in Hanoi. Seine Mutter wusste sogar, an welchem Tag und von welcher Universität aus Hieu in die Armee eingetreten war. Pat zufolge waren diese Studenten fast alle diesseits des Flusses Ben Hai[4] stationiert, um Quang Tri zu verteidigen. Möglich, dass er sich irrte, was Phongs älteren Bruder betraf, aber die Studierten wurden an die allergefährlichsten Orte geworfen. Es war unklar, ob es einen besonderen Grund dafür gab oder ob es nur dem üblichen Vorgehen der kommunistischen Befehlshaber entsprach: Intellektuelle waren nichts als ein Stück Scheiße, also ab an den passenden Ort mit ihnen!

Ha, ha! Pat lachte hämisch. »Du hast da draußen einen Job zu machen, also halt die Augen offen und nimm die

Fährte auf!« Das hatte Pat vor fast einem Jahr gesagt. Ein Jahr, in dem Phong immer mal wieder herübergekommen war auf diese Seite des McNamara-Zauns[5], um sich auf die Lauer zu legen wie ein Krokodil, das während der Laichzeit der Lachse sein Maul weit aufgesperrt hielt und darauf wartete, dass ihm die Beute in den Schlund schwamm.

Phong befahl dem Sergeant: »Gebt ihnen zu essen und zu trinken, das sind wichtige Gefangene. Bewacht sie streng, sollte etwas passieren, kannst du mit deinem Leben abschließen!« Denn Phong kannte das starrköpfige Temperament, das dieser Sippe seit den Zeiten des altehrwürdigen Provinzgouverneurs anhaftete, nur zu gut. Phongs Mutter hatte Herrn Co geliebt und sich angesteckt mit diesem Gebaren, dann hatte sie all die Jahre ihren Hass genährt. Und obwohl sie ein florierendes Geschäft besaß, mochte sie doch mit niemandem zusammenleben außer mit ihrem Sohn, nichts auf der Welt konnte diesen abgrundtiefen Widerwillen mindern.

Phong überlegte, dass er in dieser Angelegenheit besser Pat hinzuziehen sollte. Der CIA-Mann war darauf spezialisiert, Gefangene zu verhören und ihnen Informationen abzuringen. Sein Vorgehen dabei war ebenso grausam wie das der koreanischen Soldaten[6]. Einmal verhörte Pat eine Gefangene, eine Verbindungsagentin aus der Stadt, indem er sie rücklings auf einem Metalltisch festbinden ließ; an der Zimmerdecke über ihr hing ein Ventilator. Allein wie die junge Frau da nackt auf dem Rücken lag, bedeutete eine starke psychische Belastung, die auch eine Kommunistin nicht unerschüttert lassen würde. Pat hielt ihr zwei angespitzte Gänsefedern vors Gesicht. »Wirst du reden?« Als sie den Kopf schüttelte, befahl er einem der koreanischen Helfershelfer, ihr eine Feder in die Brustwarze zu bohren. Sie schrie so laut, dass die Koreaner wie von einem Stromschlag getroffen zurückfuhren, aber – es heißt, die Tapferkeit eines Vietcong sei so groß wie der Himmel – die junge Frau schüttelte immer noch den Kopf, als Pat ihr befahl, den Namen einer bestimmten Person zu verraten. Der Koreaner auf der anderen Seite des Tischs stieß ihr die zweite Gänsefeder in die andere Brustwarze. Und das war erst der Anfang. Gegen Abend ordnete Pat Verschärfung der Folter an. Der leise rotierende Deckenventilator drehte sich stärker, erst sachte, schließlich wirbelte der erzeugte Wind die beiden Gänsefedern herum und trieb sie immer tiefer in die Brustwarzen der Frau. Die Schmerzen waren so unerträglich, dass sie nicht einmal in Ohnmacht fallen konnte, ihr ganzer Körper kämpfte dagegen an, ihre Haut sonderte eine weißlich-trübe, milchige Flüssigkeit ab. An jenem Tag ging Phong nach draußen und rauchte, nur Pat und die Helfer führten das Verhör. Die Aufgabe, durch Verhöre Informationen zu gewinnen, rechtfertigte eigentlich jede Maßnahme, aber es gab Dinge, die Phong nicht mit ansehen, nicht mit anhören konnte, es war das Beste, das den Amerikanern und Koreanern zu überlassen.

Man erzählte sich, dass Pat einmal eine bedeutende Figur des kommunistischen Nachrichtendienstes aufgestöbert hatte, einen Kurier, der viele Verbindungen zum Untergrundnetz kannte. In solchen Fällen nutzte Pat jede List, um Informationen herauszuholen, diesmal jedoch ohne Erfolg, also musste er zu härteren Maßnahmen greifen. Er bediente sich einer Gruppe von Medizinstudenten aus den USA, zusammen mit zwei koreanischen Helfern fesselten sie den Mann, nahmen eine gewöhnliche Säge und fingen an, ihm ein Bein zu amputieren, von jedem Bein ließ Pat dreimal ein Stück absägen, insgesamt sechs Mal, aber in Erfahrung brachte er nichts. Schließlich entschloss er sich, den Oberschenkel des Gefangenen bis zum Hüftgelenk abzutrennen, allerdings bekam ein vietnamesischer Arzt Wind davon. Es bestand die Gefahr, dass etwas nach außen durchsickerte und Pats entsetzliches Vorhaben bekannt wurde. Ohne Hüftgelenk musste ein Mensch ein Leben lang liegen. Wer könnte das ertragen? Pat entledigte sich des Arztes, indem er ihn beim Überqueren der Straße vor dem Krankenhaus von einem Auto überfahren ließ. Die Operation Hüftgelenk blies er trotzdem ab …

Phong wusste nur durch Hörensagen von dem Vorfall, aber er hatte den Gefangenen auf seinen verbliebenen Beinstümpfen sitzen sehen, unerschütterlich, standhaft, mit eisernem Gesichtsausdruck, bereit, den Tod in Kauf zu nehmen. Pat war verblüfft, als die zwei von ihm initiierten Verhöre nicht die geringste Information erbrachten. Die einfacheren Verhörmethoden wie Fingernägel- oder Zähneausreißen überwachte Pat nicht persönlich, sondern ordnete an, nach dem Muster der Gestapo zu verfahren … In keinem Fall jedoch bekam er brauchbare Informationen. »Wie also umgehen mit der Kommunistenbrut?«, fragte Pat Phong und schüttelte den Kopf, dass die schwarzbraunen Haare flogen, die er seiner gemischten Abstammung von Weißen und Latinos verdankte. Phong war immer aufs Neue erstaunt, wenn er miterlebte, wie Pat mit anderen Amerikanern herumscherzte, mit Mädchen flirtete oder mit ihm im Lokal saß, nachdenklich in seinem Kaffee rührte und erklärte, er vermisse die Maisfelder in Iowa, wo ein Onkel von ihm Landwirt war und Mais anbaute. »Ich bin in New Orleans geboren, einer sumpfigen Gegend wie bei euch hier in Vietnam der tiefe Süden, aber ich möchte lieber nach Iowa, um Mais anzubauen, dort ist die Luft sauberer, die Erde grüner, der Himmel blauer.« Einmal sagte Pat, vielleicht werde er später nicht heiraten, der Krieg habe ihn dazu gebracht, eine Abneigung gegen Frauen zu hegen, eine Abneigung gegen die Ehe, im Krieg müsse man ja die schmutzigsten Dinge tun, er stehe im Dienst des Präsidenten, er diene dem Ideal der USA, das kommunistische Lager zu zerschmettern, durch Folter Informationen zu gewinnen verursache ihm keinen Ekel, Misserfolg aber sehr wohl … Schließlich verstieg er sich zu der Aussage, die USA seien das Höchste Ideal, und er habe das Recht, jeden, der diesem Ideal nicht folgte, als Tier zu betrachten. Als Tier!

»Und ich, bin ich auch ein Tier?«, fragte Phong.

Pat antwortete: »Möglich. Ohne das amerikanische Geld seid ihr nichts!« Da sie inzwischen ziemlich vertraut miteinander waren, äußerte sich Pat oft unverblümt, ohne die geheuchelte Höflichkeit mancher anderer.

Phong empfand seit langem Widerwillen gegen Pat, aber in dieser Angelegenheit musste er ihn wohl hinzuziehen.

Zwei

Hieu lag da, mit dem Rücken zur Tür. Jetzt in der Nacht war es in dieser Wüstengegend weniger heiß, doch die Dürre saugte alle Flüssigkeit aus dem Körper. Zum Glück mussten sie keinen Durst leiden, da der Wachsoldat ihnen eine Plastikflasche voll Wasser hineingeschoben hatte. Das Knattern der Hubschrauber, die verletzte Soldaten und Kriegsgefangene abtransportierten, war am frühen Abend verstummt. Als Hieu erkannte, dass er selbst, anders als die vielen anderen Soldaten, die am Morgen hier waren, nicht weggebracht wurde, fühlte er sich verlassen, denn es war immer noch besser, mit den Kameraden ins Gefängnis zu gehen, als hier zurückgelassen zu werden. Zum Glück war noch Nham da. Unbekümmert, wie er war, hatte er die Zeit genutzt und auf dem Sandboden eine Weile geschlafen.

Die größte Angst, wenn man das Gewehr ergreift und in den Krieg zieht, ist die, dem Feind in die Hände zu fallen. Solange Hieu unter Kameraden gewesen war, hatte er diese Angst nur dumpf gefühlt, aber nun war sie gegenwärtig und ließ ihn an seine Mutter denken. Die hatte mal gesagt: Das Leben endet mit dem Tod. Je mehr Angst du hast, desto schneller kommt er. Wenn du jetzt in den Krieg ziehst, musst du fest daran glauben, dass du auf jeden Fall zu deiner Mutter zurückkehren wirst!

In diesem Jahr herrschte speziell hier in Zentralvietnam, auf dieser Seite des McNamara-Zauns, extreme Hitze. Durchs Fernglas konnte Hieu die Amis beobachten, wie sie in ihren dicken, hitzeabweisenden Kampfuniformen, den Stahlhelm bis zu den Augen heruntergezogen, mit allerlei Waffen und Gerätschaften hantierten und sich angesichts der trockenen Hitze mit Temperaturen bis fünfzig Grad sichtlich unwohl fühlten. Diese Kerle hatten von den Wüstenbewohnern gelernt, als Schutz gegen die Hitze ihren Körper vollständig zu verhüllen, ihn zu isolieren wie in einer Kabine, sie brauchten bis zu fünf Liter Trinkwasser pro Tag und konnten doch den Durst nicht stillen. Noch ehe die Sonne hoch am Himmel stand, wechselte der Sand bereits seine Farbe von Goldgelb zu Hühnerleber-Braun. Die Soldaten der Republik Vietnam[7] kauerten hinter Sandwällen unter einem Schutzdach aus Wellblech. Auch das war von Hieus Spähposten aus zu sehen. Wellblech! Welch großartige Idee der Weißen, den Menschen dieses Landes Wellblech für ein Dach zu spendieren. Ein Wellblechdach über dem Kopf. Die Frauen dort wirkten streng in ihrer dunklen Kunstfaserkleidung. Die südvietnamesischen Soldaten schauten zu, wie weiter hinten die Herren Amerikaner ihre Koppel festschnallten. Möglicherweise fanden sie es gut, dass andere Menschen ebenfalls unter der Wüstenhitze litten. Ein paar Soldaten aus der Gegend im Mekongdelta, die »Weißer Reis – klares Wasser«[8] genannt wird, hockten eng beieinander. Sie reichten große Zweiliterflaschen Wasser herum und zeigten mit dem Finger auf die Stellungen der Nordvietnamesen. Hieu nutzte die Zeit, solange die Bomben und Raketen schwiegen, und beobachtete aufmerksam die gegnerische Front.

Die nordvietnamesischen Soldaten lagen in Gräben, die entlang der Maniokfelder ausgehoben worden waren.

Tagsüber war es heiß, nachts kühlte es nicht ab. Schweiß gemischt mit Sand. Diese beiden bösen Plagen lassen Ideale nicht selten verkümmern und verblassen. Einige gebildete Soldaten sprachen darüber, wie irgendwo in einem angenehm frischen, kühlen Zimmer Leute saßen und den lieben langen Tag über den Krieg palaverten, ohne eine Ahnung, wie es sich anfühlte, hier Tag und Nacht in Blut und Sand zu verbringen. Der Krieg zog sich schon so lange hin, dass man ihn satthatte und der Kampfeswille schwand. Immer wieder hatte Hieu mitdiskutiert und war lautstark für die Dinge eingetreten, die er für gut und richtig hielt; das Ziel war richtig, es brauchte nur noch etwas Geduld. Aber die Gedanken, auch wenn sie kontrolliert und vom Strom der Gedanken anderer mitgerissen werden, neigen stets dazu, in andere Richtungen auszuscheren. Und einige hatten gängige Bahnen eingeschlagen: Der Mensch muss doch leben, muss doch lieben, welchen Sinn hat es, sich unablässig gegenseitig in den Kopf zu schießen?

Der klare blaue Himmel Zentralvietnams verdunkelte sich in jenem Jahr mehr als in den Jahren zuvor, auch wenn die Bombardements früher dichter waren, als die USA ihre Invasion noch heftig vorantrieben. In diesem Kampf standen sich jährlich achtundzwanzig Milliarden Dollar aus den USA und zwei Milliarden Dollar aus der Sowjetunion gegenüber.

Und auf beiden Seiten Schützengräben, auf beiden Seiten Soldaten mit dem gleichen vietnamesischen Blut, die mit weit aufgerissenen Augen ihre Gewehre aufeinander richten. Sie sind ungefähr gleich alt und könnten der eine wie der andere, ausgestreckt auf dem Rasen einer Universität, einem Mädchen mit langen Beinen und schmaler Taille den Hof machen, sie könnten in der Kerbe zwischen ihren jungfräulichen Brüsten den Duft reifer Mädchen riechen. Den süßlichen Jungfrauengeruch, den sie noch nicht kannten. Hier umgab sie nur Sonne und Metall.

Hieu, Sohn des Herrn Co. Mit vollem Namen Dam Nghia Hieu ... Spross einer traditionsreichen Familie aus der nördlichen Hauptstadt, die viele Gelehrte und später gute Mathematiker und Physiker hervorgebracht hatte. Hieu studierte Nautik, weil er davon träumte, mit Überseedampfern zu fernen Gestaden zu reisen. Brasilien zum Beispiel. Herr Co lehrte Mathematik an der Architekturakademie Ha Dong. Tag für Tag stieg er in die Straßenbahn, fuhr mit der Linie Bo Ho am Ufer des Hoan Kiem-Sees entlang, begleitet vom Bimmeln der Glocke und dem Kreischen der Räder zog die Stadt vor den Fenstern vorbei. Seit Kriegsbeginn standen riesige Ballons am Himmel, auf den goldenen Feldern schimmerten Strohhüte, an einigen Stellen waren grüne Schirme zur Tarnung aufgestellt worden, junge Frauen in hübschen blauen Kleidern fuhren mit umgehängtem Gewehr auf dem Fahrrad vorüber. Tja, diese Gewehre – die F105 über der Stadt konnten sie damit wohl kaum abschießen. Doch das Gewehr wurde wie ein Schmuckstück getragen. Herr Co betrachtete das alles gleichmütig und nachdenklich, obwohl das Leben ihm bis zu diesem Moment alles entrissen hatte, seine materiellen Güter wie seine Seele. Er wartete ruhig auf schlechte oder frohe Nachrichten von seinen Söhnen auf dieser und auf der anderen Seite der Front.

Er liebte Hieu so sehr, dass es ihm oftmals das Herz zuschnürte. Er musste daran denken, wie Hieu, acht Jahre alt, die Hand seiner Mutter Han hielt, und Phong, sieben Jahre alt, die Hand seiner Mutter Viet. Han war seine offizielle Ehefrau, die älteste Schwiegertochter des Provinzgouverneurs. Sie hatten früh im Jahr des Holz-Hahns[9] geheiratet, als der Amtssitz des Herrn Gouverneurs noch voller Leben und ohne jedes Anzeichen von Unglück war. Zwei Brüder des Herrn Gouverneurs, Beamte der Bao Dai-Dynastie[10], waren zur Hochzeit ihres Neffen Co angereist, sie trugen noch die Festgewänder des vietnamesischen Adels: *ao dai*, weiße Hose, Turban, Gia Dinh-Schuhe[11], als Hochzeitsgeschenk brachten sie Gold und Perlen. So prächtig, dass Viet, Phongs Mutter, noch jahrelang innerlich grollte.

Herr Co hatte Viet beim Tanztee eines Freundes kennengelernt, als sie mit tränenfeuchten Augen das Lied »Thien thai«[12] sang, sie näherte sich ihm, hatte schon auf den ersten flüchtigen Blick seine guten Manieren und seine Bildung erkannt. Zudem war er hochgewachsen und gescheit, wie ein einfallender Lichtstrahl brachte er die langweilige, altbekannte Szenerie zum Leuchten. Im Winter, im Sommer und im Frühling waren die beiden unzertrennlich während der unruhigen Revolutionsjahre in der Stadt Hanoi, die von den Marschtritten der Franzosen widerhallte, die voller Teehäuser war und in der Opern und Liederabende in zwei Sprachen dargeboten wurden. Weit in der Ferne waren Schüsse zu hören, der Widerstand des Viet Minh, das Aufbäumen der so lange schon unterdrückten, verachteten Unterschicht.

Han, Herrn Cos Ehefrau, erfuhr von Phong und seiner

Mutter, als eine Freundin wiederholt beobachtet hatte, wie Herr Co in der Altstadt einen Altbau mit verzierten Holzgittern betrat und eine Frau besuchte, die schön war wie eine Fee, mit einem Kind wie ein Engel. Sie wirkten wie eine Familie, meinte die Freundin. Von dem Chauffeur, den Herr Co eingestellt hatte und der in ihrem Haus wohnte, ließ Han sich im Auto dorthin fahren. Hieu saß hinten, im blauen Wollpullover, auf dem Kopf eine Baskenmütze, und schaute vergnügt auf den See mit dem Schildkrötenturm im Winternebel. Die französischen Soldaten standen herum, machten Fotos von Frauen in geblümten *ao dais* mit warmen ausländischen Mänteln darüber. Später aber bedrückte Hieu die Erinnerung an diese Szene, und als Erwachsener dachte er, dass sich darin vielleicht die Schande des Niedergangs seiner Heimat manifestierte, was er als Kind noch nicht erfassen konnte.

Das Haus, in dem Viet wohnte, wurde gerade renoviert. Ein Durcheinander von Holz und Ziegeln. Han stürmte hinein; zwar bemühte sie sich sehr, die Contenance zu wahren, doch wer könnte angesichts eines solchen Betrugs gesittet und beherrscht bleiben? Hinter der Tür kauerte Phong. Neugierig betrachtete Hieu den Jungen, der etwa in seinem Alter war, und achtete nicht auf seine Mutter, die laut schimpfend die andere Frau gegen die Wand drängte. Viet konnte nicht weiter zurück, versuchte auszuweichen und stolperte über ein Seil. Sie fiel vornüber, schlug mit dem Gesicht auf einen Holzpfosten voller Nägel. Zwei Handwerker hatten die Rangelei beobachtet und sich zurückgezogen. Ein Nagel traf Viet mitten ins Auge, sie schlug die Hände vors Gesicht und schrie, Phong rannte zu ihr, schlang seine Ärmchen um ihren Hals. Auch diese Szene verfolgte Hieu bis heute wie ein Alptraum, obwohl sein kindliches Auge damals nicht ermessen konnte, was geschah. Han nahm Hieu an der Hand, führte ihn unter den erschrockenen Blicken des Hausbesitzers und der Handwerker hinaus. Sie scherte sich keinen Deut um die Schmerzensschreie ihrer Rivalin. Eifersüchtige Frauen können skrupellos sein, mit Vernunft lässt sich das nicht erklären. »Hab keine Angst, mein Kind«, sagte Han, »Mama hat nur unser Recht eingefordert!«

Die französische Polizei griff energisch durch. Han musste Schmerzensgeld zahlen, auch Herrn Co wurde eine Entschädigungszahlung auferlegt, aber alles Geld konnte Viet nicht ihr Auge zurückgeben. Sie musste mehrere Monate im Krankenhaus Phu Doan verbringen, wobei Herr Co keinen Schritt von ihrer Seite wich. Doch Han fand nie ein Wort der Entschuldigung, was Viets abgrundtiefen Hass noch weiter schürte. Phong weinte nicht, aber sein kindliches Herz erfuhr frühes Leid, als er das bandagierte Gesicht seiner Mutter sah, während Herr Co neben ihr saß und sie Löffel für Löffel mit Reisbrei füttern musste. Als sie mit ihrem Sohn einmal allein war, fasste Viet seine kleine Hand. »Wenn du groß bist, musst du den Verlust deiner Mutter rächen!« Dieser Satz war wie ein Fluch.

Einmal nahm Herr Co Phong mit zu sich nach Hause. An der Tür sagte er zu seiner Frau: »Er ist ein Kind, seine Mutter ist krank, niemand sorgt für ihn, meine Liebe, sei nicht zu hart.« Han gab Hieu gerade sein Essen, Baguette mit Wurst. Hieu hielt in einer Hand das Brot, in der anderen einen tiefroten Apfel[13]. Phong war hungrig. Er fror und zitterte, doch Han drängte Hieu: »Iss, mein Kind, damit wir rechtzeitig loskönnen!« Herr Co bat Hieu, seinem kleinen Bruder doch den Apfel zu geben. Hieu wandte den Kopf ab und versteckte sich hinter seiner Mutter. Seit diesem Tag, an dem ihm der Apfel verweigert wurde, hatte Phong das Gefühl, verstoßen und ausgeschlossen zu sein.

Als Viet aus dem Krankenhaus kam, konnte sie auf dem verbliebenen Auge zwar noch sehen, aber dem Arzt zufolge war es ebenfalls betroffen und musste sorgfältig mit Medikamenten behandelt werden. Schluchzend umklammerte Viet ihren einzigen Sohn und sagte zu Herrn Co: »Ich liebe dich über alles, aber ich kann nicht hierbleiben. Saigon ist weit weg und offen, ich werde dorthin gehen, damit ich leben kann, ohne ständig vor deiner Frau auf der Hut sein zu müssen.« Sie wollte sehen, wie Herr Co darauf reagierte. Der sagte nichts, und die Beziehung war damit ein für alle Mal beendet. Viet blieb noch eine Zeitlang in ihrer Wohnung, doch der Geliebte kam nicht mehr. Sie ließ ihn wissen, dass sie etwas Geld für das Kind brauche, um mit ihm nach Saigon zu ziehen. Aber sie erhielt keine Antwort. Sie fühlte sich mit ihrem Sohn verraten und verkauft. Nach diesem Schlag gab es für sie keine Grenze mehr zwischen Liebe und Hass, sie wurde zu einer im Käfig eingesperrten Tigerin. Es fiel ihr nicht schwer, einen Stapel Flugblätter des Widerstands[14] aufzutreiben und einen Jungen zu beauftragen, bei der Villa in der Gia Long-Straße nachts über die Gartenmauer zu klettern und die Flugblätter dort unter einem Baum zu deponieren.

Danach lief er weisungsgemäß zur Polizeistation Hang Trong und meldete: »Ich habe gerade gesehen, wie in der Gia Long-Straße jemand aus dem Haus Nummer X kam und dabei so komisch nach rechts und links guckte. Herr Polizist, kommen Sie und schauen Sie mal nach!« Die französische Geheimpolizei forderte den Jungen auf, sie im Streifenwagen zu begleiten. Mitten in der Nacht wurde Herrn Cos gesamte Familie aus dem Schlaf gerissen. Im Garten fand man das Bündel Flugblätter, auf der Suche nach einem Menschenversteck wurde das ganze Haus auf den Kopf gestellt – ohne Ergebnis. Die Flugblätter riefen die Bewohner Hanois dazu auf, sich dem Widerstand anzuschließen und in der Stadt Aktionen gegen die Franzosen zu organisieren! Mit ihrem aufrührerischen, gewalttätigen Inhalt stellten sie eine Gefahr für die Obrigkeit und die Franzosen dar. Keine Fragen. Sofort aufs Revier!

Herr Co musste alle möglichen Qualen erdulden. Zwar hatte er längst davon gehört, aber erst jetzt begriff er, dass es äußerst schwierig war, in diesen Zeiten unversehrt zu bleiben. Denn er erlebte am eigenen Leib die Hiebe der Rochenpeitsche und machte Bekanntschaft mit der Seifenwanne, und das mitten im Hanoier Winter. Wer hier landete, wurde hart geprüft und unter Folter vernommen. Niemand glaubte ihm, dass er mit dem Auftauchen der Flugblätter nichts zu tun hatte. Damals war er noch keine dreißig Jahre alt, gesund und stark, als Sohn eines Beamten huldigte er dem französischen Fortschritt, indem er Radsport betrieb; nur dadurch brachte er die Kraft auf, die Qualen des Hang Trong-Reviers zu ertragen. Han musste den »werten Herren« im Revier

Geld geben, um für ihren Mann zu bürgen – heimlich zu bürgen, denn der Fall hatte eine politische Dimension –, aber erst nach zwei Monaten ließ man Herrn Co frei. Er hatte nicht den geringsten Verdacht, dass Viet ihn in diese Lage gebracht hatte. In der Zwischenzeit waren Viet und Phong mit dem Zug nach Hai Phong und dann mit dem Dampfer nach Saigon gefahren; sie trug mit sich die Schande einer Teehaus-Gesellschafterin, die von einer einflussreichen und angesehenen Familie wie der des Herrn Gouverneurs, des obersten Beamten der Provinz, nie im Leben akzeptiert werden würde.

Herr Co erfuhr, dass bei seiner Freilassung aus dem Hang Trong-Revier Geld geflossen war, aber darüber hinaus hatte man auch berücksichtigt, dass sein Vater, der ehrwürdige Provinzgouverneur, zur Zeit der Revolution umgekommen war. Auf Seiten des Viet Minh, des Widerstands im Untergrund, rechnete man ihm hingegen an, dass er Flugblätter bei sich aufbewahrt hatte und schon in einem französischen Gefängnis gewesen war. Als der Widerstand die Stadt dann übernahm, wurde Herr Co als Patriot eingestuft. Zwar habe er nicht aktiv in der Organisation mitgearbeitet, doch seine Taten seien wirklich mutig gewesen, nützlich für die Bewegung im Kampf um die Hauptstadt.

Solche Details im Lebenslauf von Herrn Co verhalfen Hieu zu seinem speziellen Einsatzgebiet beim Militär. Hieu erhielt Schulungen, wurde ausgebildet und blieb trotzdem in seinem alten Bataillon, wo er, außer zu kämpfen wie alle anderen, aufzuklären hatte, warum jedes Mal, wenn eine Nachschubkolonne mit Munition unterwegs war, nach einigen Kilometern ein Angriff mit

Sprengbomben, Splitterbomben und Brandbomben erfolgte. Da es nur diese eine Straße gab, hatten schon viele Kolonnen schwere Verluste erlitten. Zuerst wurden der Anfang und das Ende der Kolonne mit Sprengbomben angegriffen, dann folgten die Splitterbomben und zuletzt die Brandbomben, um die Fahrzeuge niederzubrennen. Nur jemand, der über die geplanten Transporte genaustens Bescheid wusste, konnte sie mit solcher Treffsicherheit verraten.

Hieu fand es heraus. Ein Unterleutnant mit einfältigem Gesicht, dem man nichts Großartiges zugetraut hätte, war Hieu wegen seines Bewegungsmusters aufgefallen und weil er immer just dann verschwand, wenn die Bombeneinschläge an der Straße am heftigsten waren. Man versetzte den Mann in den Norden, angeblich zu einer Schulung. Und siehe da: Fortan warfen die amerikanischen Piloten ihre Bomben planlos über dem Wald ab, keiner der Angriffe traf mehr ins Ziel. Hieu hatte den Fall gelöst.

Was Phong betraf, so stand er in diesem Krieg auf der anderen Seite. Er studierte an der Universität in Saigon und ging dann zur Armee. An der Militärakademie in Thu Duc qualifizierte er sich weiter, wurde Offizier und arbeitete für den zentralen Militärgeheimdienst.

Man kann es als verhängnisvolle Ironie des Schicksals bezeichnen, dass die beiden Brüder auf gegnerischen Seiten praktisch die gleiche Karriere machten.

Jetzt sollte Phong mit einem Militärtransport nach Saigon zurückkehren, und seine künftige Arbeit würde darin bestehen, gefangene nordvietnamesische Offiziere auszuwählen und ihre Ausbildung zu Spionen zu organisieren. Im Anschluss sollten sie unter dem Vorwand der Begnadigung aufgrund guter Führung zu den Revolutionären zurückkehren, entweder einseitig oder als Ergebnis von Verhandlungen im Austausch gegen gegnerische Gefangene. Diese Aussichten begeisterten Phong.

Doch nun war ihm Hieu in die Hände gefallen, und er ließ bei seinen Vorgesetzten um Aufschub bitten.

In einer Bar in der Nähe des Stützpunkts traf Phong auf ein paar hübschen Kellnerinnen – allesamt getarnte Soldatinnen –, doch er ging ungerührt an ihrem Tisch vorüber. Eine von ihnen versuchte seine Aufmerksamkeit zu erregen und sagte mit dem Akzent der Immigranten aus dem Norden: »Behandle mich nicht, als wäre ich eine stumme Wand, die nicht sprechen kann!« Als er sich nicht umdrehte, flüsterte sie ihrer Nachbarin zu: »Jungs aus dem Norden sind hochnäsig, was?«

»Was heißt hier Norden? Er isst den Reis Saigons schon seit vor '54, seine Haare sind ganz ausgebleicht von der Sonne Saigons, er hat keinen Grund, so kalt zu sein …«

Weder kalt noch hochnäsig, Mädels. Heute will ich mich nicht unterhalten. Phong hob die Hand in Richtung der getarnten Soldatinnen, lächelte, um sie nicht zu kränken. Er hatte anderes im Kopf.

Drei

Die Zelle war eng wie ein Sarg, doch in der Nacht wirkte sie geräumiger, weil Nham näher an Hieu heranrückte und sich schließlich dicht an seine Schulter kauerte, so wie Soldaten in Unterständen schlafen. Hieu murrte, er könne nicht einschlafen. »Was fällt diesem Kerl ein, mich so anzuschnauzen?«

»Mach dir keine Gedanken. Grübeln hilft nichts, wir sind Kampfsoldaten, wir schießen auf den Feind, weil die Vorgesetzten es befehlen, wir haben keine Informationen. Vielleicht behalten die uns ja hier, um uns gegen einen von denen auszutauschen?«

»Wer tauscht schon einfache Soldaten wie uns aus? Du bist vielleicht naiv! Da muss man schon Offizier zum Beispiel eines Bataillons oder Regiments sein. Genug davon. Schlaf jetzt!« Das sagte Hieu zu Nham. Doch dann kam ihm der Gedanke, dass die vielleicht etwas über seine Geheimmission wussten. Nein, wahrscheinlich nicht. Sonst hätten sie ihn, aus Angst, einen Gefangenen zu verlieren, sofort geschnappt und nach Saigon gebracht, statt ihn hier in der Nähe des Feindes zu lassen.

Nachts gab es in dieser Gegend keine ruhige Minute. Der Geschützlärm, der Kanonendonner, die vom Meer her tobten wie ein heftiger Wirbelwind, vereinten sich mit dem fernen Grollen von der Truong Son-Bergkette, wo in den von Wegen durchzogenen Wäldern die Panzer nicht ruhten und eine Bombe nach der anderen einschlug.

An der Front bei Quang Tri war seit kurzem eine neue Art von Bombe im Einsatz. Eine Bombe, die bei der Detonation tausende etwa fünf Zentimeter lange Nadeln verschoss. Am einen Ende waren die Nadeln sehr spitz, am anderen befanden sich drei Flügelchen wie bei einer Bombe, wahrscheinlich, um die Reibungskraft zu vergrößern. Die Nadeln schossen in die Augen, die Ohren, bohrten sich überall in das Fleisch des menschlichen Körpers. Die neue Bombe gehörte wie die Streubomben zu den Splitterbomben, wobei die Streubombe gefüllt war mit kleinen Metallkugeln, wie sie in Fahrradkugellagern vorkommen. Sie drangen in die Adern ein, wollte man sie entfernen, musste man operieren, doch sie waren kaum zu fassen: Berührte man sie, rutschten sie weg und drangen an anderer Stelle ein. Diese Streubomben waren das Grauen, aber die Nadelbomben waren noch schrecklicher, weil sie, wo immer sie trafen, schlimme sich entzündende Wunden verursachten.

Hieu war einmal von so einer Nadel im Unterarm getroffen worden. Eine Entzündung. Eine eitrige Entzündung, obwohl die Stelle desinfiziert worden war. Dr. Truc stand am Eingang des unterirdischen Lazaretts, sie musterte die Betten voller verletzter Soldaten in dem großen Raum. Hieu lag ganz hinten, betrachtete die junge Frau, die zierlich, sogar dünn war infolge der Malaria, er fand sie wunderschön und lieblich an diesem Ort des Wimmerns und Stöhnens. Die Patienten schliefen, es war nach Mittag. Hieu winkte Truc zu sich, ergriff mit seiner heilen Hand die der Ärztin und bat sie, sich zu ihm zu setzen.

Die beiden kannten sich, schätzten sich, sie hatte im Hang Bot-Viertel in Hanoi gewohnt; gleich nach ihrem Uni-Abschluss packte sie ihren Rucksack und zog in die Schlacht. »Dein Arm ist fast geheilt, du musst wahrscheinlich nicht nach Hause.«

»Ich gehe auch nicht nach Hause.«

»Möchtest du ein paar Nadeln als Souvenir behalten?«

»Nein! Solche Souvenirs wird's bis Kriegsende noch genug geben, was soll ich also damit?«

»Sag mal«, Truc lächelte strahlend, ihre Zähne waren blendend weiß, man bekam Lust, sie zu küssen, »du mit deiner Erfahrung: Kennst du all die verschiedenen Bombentypen?«

»Wozu darüber reden? Eines Tages, wenn der Krieg vorbei ist, kommst du zu mir nach Hause und wir bleiben zusammen, ja?«

»Ach was, red keinen Unfug!«

Solche Worte, die unsinnig wirkten oder unverbindlich, konnten in dem provisorischen Lazarett zum Schwur werden, zu einem kaum widerrufbaren Versprechen fürs Leben. Hieu hielt die Hand der jungen Frau und fühlte seine und ihre starke jugendliche Energie, der gegenüber Munition und Bomben bedeutungslos wurden.

Jetzt, in seiner sargähnlichen Zelle, waren die Schrecken des Krieges ganz real und gegenwärtig. Und die CBU-Bomben, die auf der anderen Seite des elektrischen Zauns abgeworfen wurden, verschonten auch Hieus Freunde nicht, allesamt im Alter zwischen achtzehn und um die zwanzig. McNamara hatte einem alten Spezialisten befohlen, einen Plan zur Aufrüstung des »Zauns« zu einem »Bollwerk gegen Eindringlinge« auszuarbeiten, mit »Alarmsystemen, sämtlichen Ausspähvorrichtungen, sämtlicher Entlaubungstechnik und mit Waffen, die ganze Gebiete verwüsten können«.

Der alte Spezialist hatte sich mit Wissenschaftlern getroffen, dabei hatte Professor Roger Fisher von der Harvard-Universität vorgeschlagen, diesen Zaun zu bauen. Hieu erinnerte sich an seine Ausbildung: Im Unterricht zur Kriegsführung hatte der Lehrer an der Militärakademie den Namen jenes Professors erwähnt, er hatte sogar im Scherz prophezeit, nach dem Krieg werde er versuchen durch den Pazifischen Ozean nach Amerika zu schwimmen, um an Roger Fishers Tür zu klopfen und ihm zu sagen, wenn er so toll sei, solle er doch nach Vietnam kommen und hier sein Wissen zur Verfügung stellen, anstatt dort zu sitzen und sich lauter »Plagen« auszudenken.

Zum Elektrozaun gehörte ein Truppenabwehrsystem, Minenfelder, die von nordvietnamesischen Pionier-Einheiten aufgespürt und sorgfältig markiert wurden. Dort lagen lauter kleine Minen, Splitterminen, die vor allem die Füße und Beine der Eindringlinge verletzen sollten. Ein anderes System war gegen Fahrzeuge gerichtet, spürte sie auf und übermittelte automatisch die Koordinaten an die Luftwaffe, die daraufhin gezielt angreifen konnte. Die weitläufigen verminten Sandfelder mit den niedrigen Stachelsträuchern sahen harmlos aus. Jede Nacht aufs Neue versuchten die Soldaten Nordvietnams, diesen gefährlichen Zaun mit Stoßtrupps zu überwinden. Hieus Einheit war dies in einer Nacht gelungen, in der es schwül war wie kurz vor einem Gewitter. Kaum hatten sie die Mission erfüllt, gerieten sie in einen Hinterhalt. Es ärgerte ihn, wenn er daran dachte. So tappt auch ein Tiger in die Falle.

Truc hatte ihm ein Erfrischungsbonbon gegeben, das nach Minze und Milch schmeckte. Dann schaute sie nach dem verletzten Soldaten auf dem Nebenbett, dessen Augen komplett verbunden waren. Er lag ganz ruhig da. Truc bückte sich zu Hieu hinunter und presste ihre Lippen auf seine. Diese Lippen, die Lippen einer jungen Frau, waren frisch und dufteten wie Wildblumen, es war nicht das erste Mal im Leben, dass Hieu so etwas erlebte, aber hier, im Feuerkessel des Krieges, erkannte er erst den Wert gegenseitiger Liebe. Er schlang den heilen Arm um Trucs Nacken, zog sie näher zu sich und flüsterte: »Meine Liebe, versprich mir, alles zu tun, um heil hier rauszukommen, ja?«

Hieus Worte befremdeten die junge Frau. »Es sollen doch alle überleben, nicht nur du und ich?«

Hieus Elternhaus, die zweistöckige Villa, ließ der Herr Gouverneur errichten, als er seinen ältesten Sohn Co verheiratete, so wurde jedenfalls erzählt. Als Ehefrau hatte er eine Tochter aus einer angesehenen Familie ausgewählt, die Co erst eine Woche vor der Hochzeit zum ersten Mal sehen durfte. Die Villa wurde in einer Mischung aus französischem und japanischem Stil gebaut. Die Zimmer hatten einen Kamin nach französischer Art, die dicken Wände schützten gegen die Hitze der tropischen Winde, aber auch gegen die frostige Kälte des Nordens, das geschwungene Dach mutete japanisch an, ebenso die geschnitzten Fensterverzierungen, die Außenwände waren nach japanischer Art in einem dunklen Rot gestrichen.

Hieu wuchs mit seinen Geschwistern auf, er konnte nicht begreifen, was es bedeutete, dass sein Vater eine Geliebte hatte, so schön wie Phongs Mutter, dass sein Vater mit ihr einen Sohn hatte, der Hieu und seinen Geschwistern so ähnlich sah. Herr Co versteckte Phong und seine Mutter in einem Haus an einer kleinen Straße und versorgte sie mit allem Notwendigen, als Beamter konnte er zur damaligen Zeit frei über seinen Verdienst verfügen, so dass sie als Nebenfrau und er als unehelicher Sohn nicht unter ihrer Stellung leiden mussten. In den neun Jahren, in denen Hanoi französisch war und außerhalb der Stadt Widerstand geleistet wurde, war Herr Co immer noch Beamter des Bauamts. Durch Zufall wurde die außereheliche Affäre entdeckt, durch Zufall fanden sich antifranzösische Flugblätter im Haus und Herr Co wurde von den Franzosen verhaftet, und ebenfalls zufällig hatte er sich damit Verdienste um die Sache des Widerstands erworben. Herr Co war sanftmütig, oft wich er sogar aus, um nicht in einen Ameisenhaufen zu treten, er hatte überhaupt nicht den Mut, die Initiative zu ergreifen, und doch geriet er in allerlei Schwierigkeiten. Vielleicht hatte sich die Geschichte mit der Zweitfrau auch deshalb ergeben, weil er nicht den Mut aufbrachte abzulehnen, nicht den Mut, aus dem Netz der Liebe zu flüchten, das die raffinierte Barsängerin geknüpft hatte.

Im Jahr 1954 hatte man in Hanoi so viele Flaggen aufgehängt, dass man darunter leicht Schatten fand. Sie sollten den altehrwürdigen Herrn[15] und die Truppen des Widerstands bei ihrer Rückkehr begrüßen. Die Politik der neuen Regierung war klar und deutlich: Beschlagnahmung der Häuser von Leuten mit Blut an den Händen, Beschlagnahmung der Häuser von Familien, die ausgewandert waren[16], Beschlagnahmung der Häuser derer, die mehrere leerstehende Häuser besaßen. Herr Co geriet ins Netz der Revolution. Als einer, der während der Franzosenherrschaft im Gefängnis gesessen und seinen Landsleuten nichts zuleide getan hatte, wurde er von den Genossen der Stadt sanft überredet: Die Widerstandskämpfer kehrten aus dem Dschungel zurück, sie hatten weder Besitz noch Unterkunft und waren auf die Bereitschaft der Genossen angewiesen, ihre Häuser der Revolution zur Verfügung zu stellen. Es sollte nur eine Art Ausleihe sein, das Wohnungsamt würde sich um die Vermietung und bei Schäden um die Reparaturen kümmern. »Sobald wir genügend Wohnraum bereitstellen können, werden wir die Leute umsiedeln und der jeweiligen Familie ihr Haus zurückgeben!« Solche Versprechungen waren zu der Zeit glaubhaft, man zweifelte nicht daran, dass sie erfüllt würden, denn die Menschen waren damals ehrlich und offen, transparent wie klares Wasser, Vertrauen war wertvoller als Gold ... So wurde auch die Apotheke von Han in der Hang Can-Straße quasi verstaatlicht und ebenfalls beschlagnahmt, um vorübergehend eine verdiente Funktionärsfamilie unterzubringen, doch dann wohnte sie dauerhaft dort. Noch als Hieu schon studierte, konnte er, wenn er an dem Haus vorbeikam, sehen, dass sie es umbauten, erweiterten, selbst den Ladenbereich, wo früher Medikamente verkauft, Blutdruck gemessen, Herz und Lunge abgehört wurden. Hieus Mutter hatte also ihre Apotheke verloren, war nicht mehr die »Pharmazeutin Thanh Han«, doch die Erinnerungen blieben, Erinnerungen an die

Winter in Hanoi, wie er mit seiner Mutter im Auto zur Apotheke fuhr, um nach dem Rechten zu sehen, wie er dann von ihr eine Schüssel heiße Pho-Suppe mit einer süßen Teigstange bekam, wie er sich in der Kälte auf dem Heimweg im ruhig dahinfahrenden Wagen in ihre Arme schmiegte.

Hieus ganze Familie lebte in der Ba Trieu-Straße beengt in einem einzigen Zimmer im ersten Stock. Mit den Betten, Koffern, Kleidern, Büchern und den Schulsachen der Kinder wirkte das eigentlich geräumige Zimmer wie geschrumpft. Neun Familien, die aus den Provinzen Phu Tho und Tuyen Quang zurückgekehrt waren, wohnten jetzt im Haus, teilten sich die Lagerräume und die Küche. Die Räume im Erdgeschoss und im zweiten Stock waren im Sommer kühl. In der ersten Zeit, als man sich den Platz in der alten Villa teilte, hatten die jungen Ehepaare, Soldaten aus dem Militärlager, weibliche Behördenbedienstete, noch wenig Nachwuchs, man hatte noch Luft zum Atmen. In den späten Sechzigerjahren dann wurden Scharen von Kindern geboren wie bei den Hühnern. Den ganzen Tag waren die Flure überfüllt. Man verstaute seine Sachen, indem man unzählige Nägel in die Wände schlug, an anderen Wänden musste man mit der Maschine Dübellöcher bohren, um Taschen mit Kleidern und Büchern aufhängen zu können. In den Zimmern wurden Zwischendecken eingezogen, Hühnerkäfige aufgehängt, die auf die Straße hinausragten. Zum Glück waren das Fundament und die tragenden Wände stabil, da die Bauleute früher ihr Handwerk beherrscht und ordentlich gearbeitet hatten. Am schlimmsten war die Toilette. Hieus Eltern waren schockiert, als ein Schild mit dem Satz auftauchte: »Putzwoche: Herr Co«. Jede Familie musste den Sanitärbereich eine Woche lang putzen. Eine alptraumhafte Woche, wenn man beim Essen daran dachte, raubte es einem jeglichen Appetit und man bekam keinen Bissen hinunter. Als der Herr Gouverneur das Haus einst für seinen Sohn errichten ließ, war es für ein Dutzend Menschen ausgelegt, inklusive Bedienstete. Er ließ eine Sickergrube nach französischer Art bauen. Es gab zwei Toiletten, eine für die Besitzer, eine für die Bediensteten. Der Spülkasten war oben angebracht, zog man an der Schnur, spülte das Wasser die Exkremente fort, die Toilette war wieder sauber, so konnte man sorglos sein Geschäft verrichten und dabei sogar lesen. Als Kind ging Hieu oft hinunter ins Bad, legte sich auf den kühlen Ziegelboden und spielte dort mit seinen Geschwistern Murmeln. Damals, als das Badezimmer noch nicht »okkupiert« war, roch es nie schlecht, selbst wenn das Wetter umschlug … Bis dann die Leute aus dem Dschungel kamen und das Haus bevölkerten. Junge und Alte, Knaben und Mädchen, Männer und Frauen warteten morgens vor der Arbeit drängelnd und schubsend, bis die Toilette frei wurde, wie auf einem Bahnhof während des Krieges, ein würdeloser Anblick. Niemand wusste mehr, dass Herr Co und seine Frau die Besitzer des Hauses waren, sie mussten sich anstellen wie alle anderen. Wenn sie ihren Mülleimer im Flur versehentlich zu weit auf die Seite einer anderen Familie stellten, wurde ihnen sofort mit erhobenem Zeigefinger gedroht. Auch dem Unglück des wöchentlichen Putzdienstes entging Herr Co nicht. Die Sickergrube war dermaßen voll, dass sie überquoll, das Abflussrohr mit Papier und Müll verstopft. Damit die ekelhaften Fäkalien abflossen, musste man die Saugglocke verwenden. Herr Co krümmte den Rücken beim Scheißeschieben, seine Frau half ihm, schöpfte Wasser aus der Wassertonne und spülte nach.

Nach Abschluss des Trainingslagers, bevor Hieu nach B[17] ging, besuchte er seine Eltern, und als er sah, wie sie, die rechtmäßigen Besitzer des Hauses, ihren Aufgaben als »aktive Bürger« nachkamen, stieg Wut in ihm hoch, doch seine Loyalität als Soldat stemmte sich dagegen, und er versuchte die Situation zu ignorieren. Da er schon nachmittags wieder wegmusste, mühte er sich über Mittag damit ab, seinem Vater einen neuen, längeren Besenstiel anzufertigen, damit er sich beim Fegen nicht mehr so bücken musste … Das Hämmern hatte zur Folge, dass dieser Maler, der im Haus wohnte und sich auf das Anfertigen von Propagandaplakaten spezialisiert hatte – solche Machwerke würde man nicht mal im Hühnerstall aufhängen, aber er gehörte eben den staatstragenden Schichten an –, dass dieser Pinselakrobat knurrend in den ersten Stock heraufkam und an die Tür klopfte.

»Was ist denn hier los? Andere wollen schlafen, aber das zählt wohl nicht, wie? Um eins muss ich zur Konferenz, kaum mach ich die Augen zu, wird gehämmert und geklopft …«

Das war der Umgangston der aus dem Dschungel zurückgekehrten Kerle vom Typus Funktionär. Diese Manie, andere ohne Anrede anzusprechen, ohne Respekt gegenüber dem Gesprächspartner, begann die zwischenmenschlichen Beziehungen allmählich zu untergraben, dieses Verhalten, das allein auf den eigenen Vorteil bedacht ist, hatte wahrscheinlich mit solchen Typen angefangen.

Hieu, in seiner Soldatenuniform, ging langsam und unbeeindruckt zur Tür, baute sich vor dem dürren Maler mit dem abgehärmten Gesicht auf und versperrte ihm den Weg. »Achten Sie auf Ihren Ton! Sie wissen doch, dass Sie im Haus meiner Eltern wohnen, oder? Mein Großvater hat dieses Haus von seinem ehrlich verdienten Geld gebaut, wofür halten Sie sich eigentlich?«

Als der Maler zurückwich, folgte Hieu ihm. Sein ganzer Körper glühte, er hatte keine Angst. »Wissen Sie, dass mein Vater von den Franzosen im Hang Trong-Revier gefoltert wurde? Meine Familie wurde ausgezeichnet als ›Familie der Revolution‹. Ich bin für ein paar Stunden nach Hause gekommen, um meine Eltern zu besuchen, dann muss ich zurück zu meiner Einheit, morgen gehe ich nach B. Wollen Sie nicht mitkommen, um mal zu sehen, wie das ist, im Nahkampf, im Krieg? Wo es um Leben oder Tod geht, ist man hilfsbereit, freundlich, zeigt Zuneigung und Verständnis, ist nicht so hundsgemein wie Sie, undankbar essen Sie die Reisschale leer und geben ihr dann einen Tritt. Sie belegen unser größtes Zimmer, weil Sie einflussreichen Kreisen angehören, Sie sollten besser die Schnauze halten. Wenn meinen Eltern irgendetwas zustößt, ziehe ich Ihre ganze Familie zur Rechenschaft. Und sollte ich dann bereits tot sein, werde ich Sie als Geist heimsuchen. Sie entzünden keine Räucherstäbchen zum Gedenken der Toten, doch deren Geister gibt es. Ich komme aus dem Reich des Todes, ich weiß, wovon ich rede. Kapiert?«

Hieu merkte, wie seine Stimme vor Aufregung fast versagte.

Der Maler war einen Moment stumm. Er hatte sich schon umgedreht, doch dann besann er sich anders, sein Gesicht zeigte wieder den Ausdruck eines Werktätigen, der zur herrschenden Klasse gehörte. Er lächelte mit fest zusammengebissenen Zähnen.

»Im Sozialismus gibt es kein Privateigentum, alles gehört dem Volk, ich wohne im Haus des Volkes, öffentliches Eigentum kann niemand für sich reklamieren. Jeden Monat zahle ich Miete an das Wohnungsamt, genau wie deine Familie. Deine Familie kann von Glück sagen, dass sie ein Zimmer behalten durfte, normalerweise wird alles konfisziert, also beklage dich nicht. Angehörige deiner Familie konnten zum Widerstand beitragen, deshalb seid ihr so glimpflich davongekommen, viele Familien sind auf den Phuc Xa-Platz[18] gezogen, andere mussten hoch nach Yen Bai, das Land urbar machen, und haben sich mit keiner Silbe beschwert, erkundige dich, wenn du Näheres wissen willst. Hast du verstanden?«

Hieu riss den Arm hoch, aber Herr Co hielt seinen Sohn zurück. Die ganze Familie klammerte sich an seinen Arm. Seine Mutter lächelte gezwungen und unterwürfig, ihr Verhalten stand in starkem Widerspruch zu ihrem sonst so geradlinigen, rechtschaffenen Wesen. »Genug, genug, komm rein, mein Kind! Entschuldigen Sie, der Junge ist aufbrausend, wie Soldaten eben so sind, nicht wahr?«

»Kein Soldat Onkel Hos hat das Recht, respektlos gegenüber dem Volk zu sein!« Der Maler schlug einen strengen Ton an. »Ein Soldat wie Ihr Sohn ist mir noch nie untergekommen! Der gehört erst mal ordentlich erzogen!«

Das ganze Haus, mehrere Dutzend Leute, stand eng gedrängt auf der Treppe. Diejenigen, die wie dieser Maler eigentlich nur vorübergehend hier unterschlüpfen sollten, waren inzwischen die tatsächlichen Besitzer. Wer stand da noch auf der Seite von Hieus Eltern?

Was musste passieren, um diesen Leuten das überlieferte feudalistische Herrschaftsdenken auszutreiben? Der Maler war siegessicher. Es hieß, er stamme aus dem mittleren Hochland, einer abgelegenen Gegend, deshalb waren seine Glieder so sehnig und sein Kopf randvoll mit Parolen, und mit jedem Tag schien diese Propaganda ihn mehr ins Recht zu setzen. Hüpfend wie ein Vogel, immer zwei Stufen auf einmal nehmend, lief er die Treppe hinunter und beschwichtigte das neugierige Publikum.

Hieus Familie saß schweigend beisammen. Seine Urlaubsstunden nahmen ein peinliches Ende, auch viel später noch konnte er das Gefühl einer Niederlage, eines Verlusts angesichts der Lebensleistung seiner Eltern und Großeltern nicht verwinden. Er legte seiner Mutter den Arm um die Schultern, wie er es als Kind oft getan hatte, wenn er in den kalten Wintern unter der warmen Bettdecke neben ihr gesessen hatte. »Gut, ich breche jetzt auf, denkt nicht mehr daran und macht es euch nicht zu schwer, das alles ist doch erträglich, wenn man bedenkt, dass da draußen stündlich die Leute sterben.«

»Vielleicht wäre das sogar besser, mein Kind!« Han war eine Frau, die es gewohnt war, sich zusammenzunehmen. Von der Zeit an, als sie Schwiegertochter des

Herrn Gouverneurs wurde und in der Familie ihres Mannes mit mehr als zehn Geschwistern lebte, bis zur Zeit des Sozialismus, als die Großfamilie auseinandergerissen wurde und es jeden an einen anderen Ort verschlug – stets hatte sie ihr ovales Gesicht und die hohe, würdevolle Stirn einer Frau aus gutem, gelehrtem Hause behalten, niemals wirkte sie gereizt oder verärgert. Aber in diesem Moment brach sie in Tränen aus. Aufgebracht. Voller Selbstmitleid. »Ganz recht, mein Sohn! Manche würden lieber sterben, als dort zu sein, wo du hingehst. Ich bin sehr besorgt um dich!«

Aus allen Lautsprechern in den Bäumen, auf allen Versammlungen in den Fabriken, in den Stadtquartieren, überall tönte es ständig, der Weg in den Kampf sei voll schöner, blühender Blumen, doch eine Mutter weiß, wie absurd das ist. Auf diesem Weg können keine Blumen blühen. All die erwachsenen und doch noch so unbedarften Söhne schulterten begeistert das Gewehr und glaubten, sie würden einen blumenbewachsenen Weg gehen, doch die Mütter, die sie einst gesäugt hatten, glaubten nicht daran, Tag und Nacht wünschten sie sehnlichst, ihr Sohn möge den Gewehrkugeln entkommen. Zu Hause war es hart, wo Hieu hinging, war es sicher noch härter, doch es war nicht zu ändern.

Han umarmte ihren Sohn noch einmal, spürte seinen gesunden Körper und versuchte die Tränen zurückzuhalten, damit ihr Mann nicht auch noch anfing zu weinen.

Hieu ging an die Front.

Wer dorthin ging, war verschollen, ein Brief brauchte Jahre, um anzukommen. Wie sollten die Eltern weiterleben, wenn sie nie etwas von ihrem Kind hörten? Hieu verließ das Haus, die Schulter durchnässt von Mutters Tränen. Eigentlich hätte der Abschied leichter sein können. Das Auftauchen des Malers am Mittag wirkte wahrhaftig wie ein schlechtes Omen.

* * *

Der Sergeant schob zwei belegte Brote mit getrocknetem Fleisch und Gurken durch die Klappe in der Tür – und für jeden eine Dose Wasser. Die Ration schien reichlich im Vergleich zu gestern, was Hieu das Essen misstrauisch beäugen ließ, während Nham, den kurzgeschorenen Kopf tief gebeugt, aß wie ein Verhungernder. Der massige Hals der Küstenbewohner wirkte unbekleidet noch kürzer. »Iss, Bruder, vergiss die Typen. Wir müssen Kräfte sammeln, um gegen sie zu kämpfen!«, sagte er zu Hieu.

Der Sergeant schaute durch die Öffnung in der Tür. Er tat es auf Phongs Befehl. Befolgte man seine Befehle nicht, hatte man keine Ruhe, denn Phong kam oft mit dem Hubschrauber, um gefangene Soldaten in Empfang zu nehmen und sie in Kategorien einzuteilen. Wenn Phong also anordnete, ihnen ausreichend zu essen und zu trinken zu geben, so gehorchte man, wer weiß, was dahintersteckte. Er winkte durch die Öffnung und rief: »He, kommt her! Jetzt müsst ihr aussagen, alles, was ihr wisst, kapiert? Der Kerl, der mit euch gefangen wurde, ist verreckt. Gestern Nacht abgekratzt und schon in die Grube hinuntergelassen, mit all den anderen vergraben!«

Hieu fiel das Brot in den Sand. Er schrie »Was?«, dann wurde ihm schwarz vor Augen.

Nham rannte zu ihm und stützte ihn. »Beruhige dich!« Hieu war fast ohnmächtig.

Später saßen sie voll Kummer aneinandergelehnt und dachten an Quys blutüberströmtes Gesicht, nachdem er auf eine Mine getreten und dann noch von gegnerischen Schüssen getroffen worden war. Die vom Strafbataillon hatten die verletzten Gefangenen von denen, die noch laufen konnten, getrennt und weggebracht. Quy war bestimmt nur so schnell gestorben, weil sie ihn geschlagen und gefoltert hatten. Quy! Hieu stöhnte auf. Seit dem Tag, als er in den Krieg gezogen war, war es das erste Mal, dass er so stöhnte, obwohl er täglich mit ansehen musste, wie Kameraden an seiner Seite starben. Aber Quy war ganz allein in der Hand des Feindes gestorben, er hatte niemanden, der ihm die Augen schloss, und konnte keine Abschiedsworte für seine Mutter hinterlassen.

Früher wohnte Quy auf der anderen Straßenseite in einer kleinen Gasse, er war oft herübergekommen, um Hieu zur Uni abzuholen, damals, als die jungen Leute des Nordens mit Begeisterung überall hingingen, ins Mekongdelta, ans Ostmeer, nach Zentralvietnam ... Damals fuhren die beiden zusammen auf einem Fahrrad, dem letzten wertvollen Eigentum, das Hieus Familie geblieben war, nachdem sie alles an die Regierung abgetreten hatten. Das Haus. Die Apotheke. Sogar die Nähmaschine. Blieb das Fahrrad, das wegzugeben sie nicht übers Herz brachten. Das Rad, mit dem Herr Co in der Hauptstadt neun Jahre lang täglich zur Arbeit gefahren war, nun waren die Jungen stolz darauf, es war kein Fahrrad der Marke »Phönix«, »Ewigkeit« oder »Vereinigung«, sondern ein französisches Fabrikat … Hieus Fakultät ging geschlossen zum Militär, von einundzwanzig Kommilitonen kamen drei in dieselbe Einheit. Als Hieu abkommandiert wurde, um an einem Seminar zur inneren Sicherheit teilzunehmen, meinte Quy, er werde einfach so lange warten, bis Hieu wiederkomme. Niemand wusste Genaueres über die Art dieser Schulung, doch Quy zufolge gehörte Hieu zu den Soldaten, die rot markiert waren, also auserwählt! Nach Abschluss der Schulung erfüllte man Hieu seinen Wunsch, zur alten Einheit zurückzukehren. Beim Wiedersehen tätschelte Quy Hieu den Kopf[19] und sagte: »Wir wollen immer zusammenbleiben!«

Es waren schöne Tage und Monate, trotz der Bomben und Granaten. Die beiden jungen Männer trennten sich tatsächlich nur selten. Der Krieg zog sich hin und raubte einer ganzen Generation die Jugend. Kein junger Mann blieb verschont. Einmal sagte Herr Co, es genüge der Ehrgeiz und Siegeswille von einigen, um auf einen Schlag Millionen von Menschen zu vernichten. Im Jahr des Affen 1968[20] gab es allein in Hieus Verwandtschaft fünf stattliche junge Männer, die in den Schlachten von Hue bis Saigon starben. Beim ersten Angriff auf Saigon stürmten zwei seiner Vettern das Funkhaus und lagen dann beide tot auf der Straße. Sie waren Brüder und gehörten zum gleichen Bataillon. Ein westlicher Reporter filmte sie, während ein Saigoner Militärpolizist ihnen die Papiere aus den Taschen zog und in die Kamera hielt. Herrn Cos jüngerer Bruder sah den Bericht im französischen Fernsehen. Die ganze Familie wusste also früh Bescheid. Beim zweiten Angriff starb ein weiterer

Vetter auf der Minh Phung-Straße. Seine Einheit meldete dies und Familienmitglieder, die im Generalstab arbeiteten, erfuhren es kurz darauf. Zwei weitere starben in Hue beim Rückzug ihrer Einheit, nachdem sie einen Monat lang dort die Stellung gehalten hatten. Die zwei aufeinanderfolgenden Angriffe auf Saigon werfen bis heute ernste Fragen auf. Warum entschloss man sich zu einem zweiten Angriff, obwohl das Blut vom ersten an den Wänden der Stadt noch nicht getrocknet war? Das wirkliche Leid traf die Mütter, die durch ihre Kinder ihr Herzblut für den Krieg vergossen. Im Krieg ging es immer nur um Sieg, Strategie, Taktik, der Verlust an menschlichem Blut, das viele konkrete individuelle Leid zählte nicht.

In einer französischen Villa im besten Wohnviertel ging ein erbitterter Mann Nacht für Nacht auf und ab. Er zählte nicht, wie viele von Hieus Vettern in den einzelnen Divisionen fielen. Er wusste nichts von Quy, der gerade elendig in der Hand des Feindes umgekommen war. Quy, ein ausgezeichneter Student, der nun im Massengrab lag. Dieser mächtige Mann befahl den Rekruten-Anwerbern, ihr Augenmerk auf die Universitäten zu richten, das Reservoir für die Zukunft. »Achtet besonders auf die naturwissenschaftlichen Hochschulen, die Studenten dort sind gesund und stark, sowohl körperlich als auch mental, nicht so verkümmert wie diese Geisteswissenschaftler.« Damit kannte er sich bestens aus.

Eines Tages hatte Hieu zu Quy gesagt, lass uns aufhören zu studieren. Im dritten Studienjahr hätten sie ihren Abschluss gemacht. So aber wurden auch die Träume von Herrn Co beendet, was die Zukunft seines intelligentesten Sohnes betraf. Wie sollte Hieu unter diesen Umständen noch in einem Forschungsinstitut unterkommen und dann ins Ausland gehen?

Mehr als zwanzig ehemalige Studenten der Universität erschienen in Armeeuniform, um sich von ihren Dozenten zu verabschieden, sie und die Dozenten betrachteten einander verwundert, die Jungen waren plötzlich so erwachsen geworden, in den Gesichtern keine Spur mehr von ihrer jugendlichen Unbeschwertheit. Wer weiß, wie viele von ihnen bereits tot waren. Oh Quy!

Hieu hatte nicht erwartet, dass auch die Tränen eines Mannes so reichlich fließen konnten. Vielleicht erschien ihm alles so düster, weil er jetzt einsam und verlassen war. Quy, Sohn einer Arbeiterfamilie. Wenn das Kind einer Intellektuellenfamilie sich damals mit dem Kind einer Arbeiterfamilie eng befreundete, stand diese Freundschaft quasi unter einer Art politischem Schutz. Wenn man sich zusammen auf der Straße bewegte, genoss man eine gewisse Sicherheit. Quy war offen und gutmütig, er spielte sich nicht als Avantgarde der Arbeiterklasse auf, er behandelte Hieu wie einen gleichwertigen Klassenbruder. Quys Vater war Angestellter eines Stromkraftwerks und hegte ebenfalls keinen Klassendünkel, er lud Hieu zu sich nach Hause ein, um mit der ganzen Familie Maniok oder Süßkartoffeln zu essen. In Zeiten des Sozialismus schätzten auch die Intellektuellenfamilien Maniok und Süßkartoffeln, weil sie ähnlich knapp dran waren wie die Arbeiterfamilien in der Stadt. Hieus Mutter Han lud seine Freunde hin und wieder zu einer Schüssel Nudelsuppe mit Ei ein. Die Eier stammten von den Hühnern, die in Käfigen an den Fenstern gehalten wurden.

Beide wuchsen sie mit den Parolen für den Aufbau des Nordens auf: »Jeder Einzelne schafft die Arbeit von zweien«, »die Fünf Tugenden der Familie«, »die Vier Tugenden der Jugend«, »die Drei Tugenden der Frau« ... Man hatte sie nie schlecht behandelt, ihre Eltern hatten ihnen nie den Hintern versohlt. Was Gewalt war, lernten diese Kinder meist erst, wenn sie in die Hände des Feindes fielen, und erkannten erst dann, wie friedlich ihr Familienleben gewesen war.

Nach all den vergossenen Tränen um ihren Freund war Nham auf dem Sandboden eingeschlafen. Er hatte nur ein Ziel: seine Kräfte zu sammeln und diese Bande zu bekämpfen, den Widerstand gegen sie zu stärken.

Vier

Pat verließ Da Nang zusammen mit Phong in einem gepanzerten Fahrzeug. Obwohl Pat nicht rauchte, entströmte seiner Kleidung ein vager, leicht beißender Geruch nach Fäulnis. Die US-Armee hatte den höchsten Drogenverbrauch auf dem Planeten, aber äußerlich so nüchterne CIA-Offiziere wie Pat hielten sich offenbar an etwas, das besonders wirksam war, aber nicht zu den verbotenen Substanzen gehörte. Denn dieser penetrante Geruch, der an einem so adretten Typen wie Pat haften blieb, stammte vermutlich aus den Verhörräumen. Es klingt vielleicht unglaubhaft, aber das fließende Blut, die Furcht, das Entsetzen haben tatsächlich ihren eigenen Geruch. Der menschliche Körper sondert dann Flüssigkeit ab, aus den Poren, aus der Nase, aus dem Mund, aus dem After. Diese leidgeprüften Menschen sind voller Ideale, standhaft, aber allein und verlassen im Verhörraum, wo auf dem Tisch die Instrumente ausgebreitet liegen, von der Zange zum Ausreißen der Finger- und Fußnägel über das Kunststoffseil, an dem sie kopfüber aufgehängt werden, bis zur Beißzange zum Zähneziehen … Wer würde da nicht vor Angst zittern? Die Furcht, die Isolation lösen heftige Reaktionen des Körpers aus, der versucht, sich dem Schmerz zu widersetzen. Das alles wusste Phong, aber er hätte nicht gedacht, dass dieser Geruch sich so nachhaltig an Pat festsetzen würde, dass er gewissermaßen wie ein Tier roch. Nie übte Pat persönlich Gewalt gegen die Gefangenen aus, er erteilte lediglich den Befehl, alle Finger- und Fußnägel auszureißen … für die Ausführung hatte man Kerle aus dem Milieu der Straßen-Rowdys angeworben, die sich auf die Gefangenen stürzten wie der Tiger auf die Beute. Ihr schon vorhandener Hang zur Gewalt war durch die antikommunistische Propaganda noch gesteigert worden. Sie waren stets bereit, die Befehle so auszuführen, dass es nichts zu beanstanden gab. Die gesamten Kriegsjahre über hatten diese Kerle immer viel zu tun. Bei einigen war die Gewaltlust so groß, dass sie an Saufabenden einfach aus Langeweile in den Kerker hinunterstiegen, sich ein paar Gefangene schnappten und quälten. Pat hegte für diese Typen sowohl Abscheu als auch Bewunderung. Das Gleiche galt für Phong. Immerhin, ohne diesen Mob kämen die Agenten des Nachrichtendienstes nicht an Informationen und würden beruflich versagen.

Pat registrierte, dass Phong ihn unbedingt mitnehmen wollte in Zone Eins, er fragte nicht, warum. Unterwegs erzählte Phong von sich aus die Geschichte seiner Familie, eine Geschichte über Menschen gemeinsamen Blutes, die nicht an einem Strang ziehen konnten, und Pat sagte: »Ich verstehe dich.«

Phong erzählte ihm von der Prügelei der beiden Frauen, die er und Hieu direkt miterlebt hatten, davon, wie er seiner Mutter die Arme um den Hals schlang, wie sie ihr blutüberströmtes Gesicht an der Brust ihres kleinen Sohnes barg. Ihre Schönheit war zerstört, ihre Traurigkeit und ihr Hass nahmen noch zu, als Herr Co aus Furcht vor seiner Ehefrau nicht mehr kam und ihr und ihrem Sohn nicht mehr beistand. Die ganzen Jahre in Saigon, in denen sie einen schwunghaften Handel betrieb und reich wurde, blieb Phongs Mutter allein, sie hatte nichts dagegen, dass ihr Sohn nach dem Studium zur Thu Duc-Militärakademie ging und Offizier der Republik Vietnam wurde. Sie hatte genug Geld, Phong hätte im Ausland studieren und arbeiten können und nicht zum Militär gehen müssen, aber er wollte es so. Sie erklärte, das sei ihr genauso recht. »Vielleicht schaffst du es ja eines Tages nach Hanoi, um mich zu rächen.« Auch wenn sie über ihren bitteren Hass sprach, bewahrte sie sich ihre wohltönende, korrekte Hanoier Sprechweise. Nur ein leichtes Klagen lag in ihrer Stimme, wenn sie Hieu und seine Mutter erwähnte. Einmal erklärte Phong, sie könne beruhigt sein, er werde Wiedergutmachung für sie fordern.

Pat hörte sich das alles zerstreut an, er war nicht sehr interessiert. »Bei euch herrscht ewiger Bürgerkrieg zwischen dem Norden und dem Süden, Blutsverwandte bekämpfen sich so verbissen, dass die Rachsucht noch nach hundert Jahren nicht gestillt sein wird. Das ist wie der Bürgerkrieg zwischen den Süd- und den Nordstaaten der USA, der hundert Jahre zurückliegt, und noch immer sind viele Probleme nicht gelöst. Aber während im weiträumigen Amerika die zahlreichen Gemeinschaften unterschiedlicher Kultur und Herkunft einander leicht in Frieden lassen können, braucht ihr euch auf eurem schmalen Küstenstreifen nur noch ein paar Jährchen abzuschlachten, dann müsst ihr wahrscheinlich Menschen aus dem Norden[21] importieren, damit es nicht so leer ist.«

Pat war im Umgang mit anderen stets sehr dominant, und er schämte sich nicht dafür. Er war von der Legitimität seiner Haltung überzeugt, er fühlte sich im Recht, weil er mächtig, weil er Amerikaner war. Für ihn gab es in diesen Siebzigerjahren keine Macht auf der Welt, die sich mit den USA messen konnte. Pat und Phong sprachen Englisch, der Fahrer war es als Geheimdienstmitarbeiter gewöhnt, niemals nach hinten zu schauen, nicht einmal die Mundwinkel zu verziehen. Vor dem Autofenster Sandlandschaft, Dörfer, die inmitten der Kämpfe zu überleben versuchten, versteckt hinter Bambushecken und Dornengestrüpp. Pat zeigte nach draußen. »Schau dir das an, Phong, eure Landsleute hier, die unter Beschuss von zwei Seiten leben, sind doch die, die am meisten leiden. In deiner Geschichte dagegen geht es nur um Rachsucht, verursacht durch das Gefühl, benachteiligt zu sein, nicht um existenzielle Not.«

»Ach! Denk doch, was du willst!«, murrte Phong.

Das Auto fuhr auf den Hof eines Militärstützpunkts. Der Platz war asphaltiert, aber nach heftigen Stürmen voller Sand.

»Machen wir eine Pause, Pat! Um neunzehn Uhr geht's los, richtig?«

Pat nickte, warf Phong eine Flasche Bier zu und öffnete sich im Weitergehen eine eigene. Ein paar Soldaten sahen die beiden Offiziere, einer Vietnamese, der andere Amerikaner, die sich in dieser Zone auszukennen schienen, sie schlugen die Hacken zusammen und salutierten von fern. Pat zeigte bei solchen Gelegenheiten ein sympathisches, umgängliches Lächeln und trug eine unauffällige Uniform: akkurat gebügelt und adrett wie die eines zur Armee abgeordneten Verwaltungsangestellten. Er lächelte den Soldaten freundlich zu.

Nachts schwebten über der Region zwischen Hue und Quang Tri Leuchtkugeln, die den Dschungel am Fuß der Truong Son-Bergkette und weiter unten die Sanddünen hell ausleuchteten. Diese waren mit spärlichem Dornengestrüpp, Kakteen und anderen Pflanzen bewachsen, die auf trockenem Boden gediehen. Vom Meer her hörte man von Zeit zu Zeit Kanonengeschosse kreischen, um dann an wechselnden Orten krachend zu explodieren. Aus Richtung der Militärstützpunkte Cua Viet, Doc Mieu und Con Tien kam unablässig Geschützdonner. Im Krieg konnte der Tod jeden ohne Vorankündigung treffen, sogar in befestigten Armeestützpunkten der Republik Vietnam, die so streng bewacht waren, dass selbst die Luft kaum nach außen dringen konnte.

Phong inspizierte den Verhörraum und instruierte die breitschultrigen, muskelbepackten Helfer, sich strikt an die Befehle zu halten und durch professionellen Einsatz diverser Foltermethoden Informationen aus den Gefangenen herauszuholen.

Dann rief er den Sergeant herbei, der Hieus Zelle bewachte. »Nimm die Klamotten von den in der Nacht gestorbenen Gefangenen und gib sie denen da zum Anziehen.«

»Ja, diese Sachen sind aber voller Blut, Herr Hauptmann!«

»Das macht nichts!«

* * *

»Ihr zwei dort, raustreten!«, rief der Sergeant nicht laut, aber deutlich. Er gab Hieu und Nham Hemden mit Schulterklappen von nordvietnamesischen Soldaten des Nachrichtendienstes. Hieu nahm das mit Blut und Sand befleckte Hemd seines Kameraden, drückte es an seine Brust, dann zog er es hastig an. Die Tage, die er halbnackt hatte verbringen müssen, waren unerträglich gewesen. Dann dachte er an den Vorbesitzer dieses Hemdes, der sicher nicht mehr am Leben war und dessen Geist ihn beschützen würde. Entschlossen stand er auf und streckte seine Beine, die vom langen Sitzen steif wie Holz waren.

Nham stützte Hieu im Rücken und sagte: »Bruder, ich bin bereit!« Nham stammte aus Thanh Hoa, wo es das ganze Jahr über Süßkartoffeln und Meeresfisch gab, der fangfrisch gekocht und verzehrt wurde. In Nhams Heimat hatte man mehr als genug zu essen. Als sie ihn in der Armee deshalb neckten, jetzt, wo er nur *rau-ma*[22]-»Unkraut« zu essen bekam, sei er wohl zu schwach zum Arbeiten, murrte er verdrossen: »Dass ich *rau-ma* nicht mag, hat nichts damit zu tun, ob meine Heimat wohlhabend ist oder nicht!«

Aber im Krieg wagte sich dort wegen der Angriffe und Zerstörungen durch die US-Flugzeuge tagsüber niemand mehr zum Fischen aufs Meer, es gab eine Hungersnot, so hieß es in einem Brief von Nhams Familie, den er Hieu zu lesen gab, damit der besser verstand, warum er sich um seine Heimat, um seine Eltern sorgte. Hieu legte den Arm um die Schultern des Freundes und versprach, mit ihm am Ufer des Hoan Kiem-Sees ThuyTa-Eis essen zu gehen, wenn sie sich eines Tages in Hanoi träfen. Nham erwiderte: »Du hast es versprochen! Nicht, dass du deinen kleinen Bruder vom Lande bis dahin vergisst!«

Die beiden hatten keine Ahnung, was sie in der Baracke dort drüben erwartete; nachts wirkte der Durchgang dorthin mit den leuchtenden Glühbirnen und dem Motorengeräusch von Militärfahrzeugen ebenso geheimnisvoll wie die von dicken Mauern umgebenen traditionellen Häuser und Innenhöfe.

»Setzt euch!«

Hieu hob den Kopf und erblickte einen Amerikaner und einen vietnamesischen Offizier, dessen Gesicht durch den Schatten des Papierlampenschirms verdeckt war. In der Zimmerecke standen zwei muskulöse Kerle in Shorts und mit nacktem Oberkörper, Kautschukpeitschen in den Händen. Hieu war sofort klar, dass es sich um Verhörspezialisten handelte. In Filmen aus der DDR oder aus der Sowjetunion gab es oft Szenen, in denen die Gestapo Gefangene folterte, Hieu hätte nie damit gerechnet, dass er selbst einmal in solche Hände, in eine solche Lage geraten würde. Es versprach nichts Gutes.

Verborgen im tiefen Schatten, betrachtete Phong seinen älteren Halbbruder. Er musterte ihn eingehend. Kein Zweifel, diese Stirn, der Mund, die Nase, die großen fleischigen Ohrläppchen gehörten zu diesem Menschen, von dem Viet, Phongs Mutter, noch immer eine Fotografie aufbewahrte. Dieser brave Mann, Herr Co, hatte sich nicht getraut, in den Streit zwischen der offiziellen Ehefrau und der Nebenfrau einzugreifen, wer hätte auch damals gedacht, dass die beiden Söhne eines

Tages so aufeinandertreffen würden. Aber dergleichen kam vor: Solche Begegnungen zwischen Verwandten, die auf gegnerischen Seiten der Front standen, passierten sogar häufig. Der Krieg war eben so, und für Phong war er plötzlich nicht mehr nur der Kampf um ein Land; er verband mit ihm vor allem Erinnerungen aus Kindertagen, die ihn wütend machten. Die Erinnerung daran, wie die beiden Frauen aufeinander losgegangen waren, wie Phongs zierliche Mutter vor den Augen der anderen Frau zu Boden stürzte. Der Hass wäre nicht so tief gewesen, wenn diese andere Frau ihre verletzte Rivalin nicht mit verschränkten Armen betrachtet, sich dann ungerührt abgewendet hätte und gegangen wäre, ohne jede Geste des Bedauerns. Wenn das durchbohrte Auge wenigstens geheilt wäre, wäre die Feindschaft mit der Zeit vielleicht abgeklungen. Aber der Nagel hatte die Nerven in der Augenregion beschädigt, so dass seine Mutter trotz aller Medikamente bei jedem Wetterwechsel vor wahnsinnigen Kopfschmerzen schrie. Während der gesamten Schulzeit in Saigon litt Phong mit seiner Mutter unter diesen entsetzlichen Schmerzen. Anfangs wollte sie in höchster Verzweiflung ihren Kopf gegen die Wand schlagen, aber der Gedanke an ihren Sohn hielt sie davon ab, und sie brach weinend in seinen Armen zusammen.

Pat behielt sowohl die beiden Nordvietnamesen als auch Phong im Auge. Er fand diese von Rache bestimmte Situation ziemlich interessant. Er dachte sich oft grausame Spiele aus, um an Informationen zu kommen, um den Mut der Feinde auf die Probe zu stellen, aber eine solche Konstellation mit zwei verfeindeten Brüdern im

Verhörraum hatte er noch nicht erlebt. Zwei Brüder mit zwei Idealen in einem schwer zu beendenden Krieg.

Phong flüsterte Pat in Englisch zu: »Soll ich ihm gleich sagen, dass ich sein jüngerer Bruder bin? Das könnte ihm psychisch zusetzen.«

Pat zuckte mit den Schultern. »Das beeindruckt Kommunisten nicht im Geringsten, ich habe so was schon oft versucht, wenn die ein Geheimnis wahren wollen, verleugnen sie sogar ihr eigenes Kind. Aber dieser Fall liegt anders. Mach, was du willst. Mach es auf eure vietnamesische Art.«

Pat sagte das in diesem herablassenden, rassistischen Ton, der Phong immer wieder aufbrachte, aber er konnte es ihm nicht austreiben. Diese Typen waren alle so. Pat vertrat die Überlegenheit der weißen Rasse, der die gelbe nicht das Wasser reichen konnte.

Phong beobachtete Hieu, um eine Reaktion zu erhaschen, aber Hieu wirkte ziemlich gleichgültig, er sah nicht aus, als habe er etwas zu verbergen.

Hieu blieb ruhig, er war ja nur ein einfacher Soldat, welche Erkenntnisse sollten sie vom Verhör eines einfachen Soldaten schon erwarten? Sie konnten doch nicht wissen, dass er dieser Spezialeinheit angehörte, die einen ihrer eingeschleusten Spione entlarvt hatte. Unmöglich! Er war lediglich Kompaniechef im dritten Bataillon, das im Süden von Quang Tri eingesetzt war.

Phong eröffnete das Verhör und sprach demonstrativ im Hanoier Tonfall, um zu sehen, ob Hieu einen Verdacht schöpfte. »Wir setzen auf Ihre Kooperation. Sie sind Kompaniechef im bekanntermaßen schlagkräftigen dritten Bataillon. So hat es uns Sergeant Quy erklärt, bevor er starb. Den Rang eines Kameraden anzugeben, ist nichts Verwerfliches, es ist nichts, was wir nicht ohnehin wüssten, er hat trotzdem meinen Respekt. Als kampferprobter, moralisch integrer Kompaniechef und zudem Angehöriger einer angesehenen, gebildeten Familie hat Ihr Wort in der Truppe Gewicht. Sie müssen nur einen Aufruf an die Soldaten Ihres Bataillons richten, dass sie ihre Gewehre umdrehen, sich von Nordvietnam lossagen und zur Republik Vietnam überlaufen sollen, dann bringen wir Sie nach Saigon, wo Sie das Leben eines jungen Intellektuellen führen können. Der Text des Aufrufs ist schon vorbereitet!«

Ach so, darum ging es! Hieu überlegte, warum der Kerl, den er trotz Anstrengung nur undeutlich sehen konnte, nicht mit einem südvietnamesischen Akzent sprach wie manche Kriegsgefangene, die er verhört hatte und die ursprünglich aus Ninh Binh stammten und in den Süden übergesiedelt waren. War der hier ein Soldat, der die Seiten gewechselt hatte, ein Überläufer? Aber die Art, wie er mit dem Amerikaner tuschelte, wie er sein Gesicht im Dunkeln verbarg, wie er das Tonbandgerät bediente – so verhielt sich kein einfacher Überläufer. Das war ein abgebrühter Professioneller. Der Amerikaner war ebenfalls ein kaltblütiger Spezialist. Und warum saß der hier, wenn es wirklich nur darum ging, den Aufruf an seine Kameraden zu verlesen? Der Amerikaner konnte Vietnamesisch, und er sprach es mit deutlich unterschiedenen Tonhöhen, nicht das sinnentstellende platte Vietnamesisch, das Ausländer, die es nur flüchtig gelernt hatten, normalerweise sprachen.

»Diese Angelegenheit ist wichtig, für Sie ebenso wie

für uns. Sie brauchen den Aufruf nur klar und deutlich zu verlesen, dann sind Sie frei, sobald die Tonaufnahme fertig ist.«

Hieu musste an die Regennächte im Dschungel denken, wenn über ihnen ein OV10-Beobachtungsflugzeug brummte und das Wasser aufwirbelte, an die vorformulierten Phrasen, die von oben aus dem Lautsprecher dröhnten: »Kameraden, ich versichere euch … Kommt zu uns, zur Republik, und ihr werdet freundlich behandelt wie ich …« Die jungen Soldaten machten Witze oder fluchten, wenn der Aufruf aus dem Flugzeug, das wie ein Gespenst über dem triefenden Regenwald schwebte, wieder von vorne losging. Hätten sie nicht ihren Standort geheim halten müssen, wären sie durchaus bereit gewesen, dieses Flugzeug abzuschießen.

»Was ist jetzt?«, fragte einer der beiden Kerle, die im Hintergrund warteten. Im Verhörraum herrschte Grabesstille, eine erstickende Atmosphäre. Die Muskelmänner standen unruhig in der Ecke und ließen ihre Kautschukpeitschen durch die Luft pfeifen. Diese Typen waren echte Experten.

Da erhob Hieu zum ersten Mal die Stimme, um seinen persönlichen Entschluss mitzuteilen: »Ich werde den von Ihnen vorgefertigten Aufruf nicht verlesen. Wenn ich zu meinen Soldaten spreche, kann ich sie nur auffordern, weiterzukämpfen!«

Phong lachte höhnisch auf. Wie kam ausgerechnet Herrn Cos Sohn dazu, in einem so theatralischen Ton zu reden! »Du Schuft!«, versetzte er wütend.

Hieu fauchte: »Schluss mit dem überflüssigen Gefasel!«

Nham warf seinem Kompaniechef einen warnenden

Blick zu, er solle sich nicht so ereifern in dieser ungünstigen Lage, in der sie beide sich schutzlos in der Gewalt einer Meute Bewaffneter befanden.

Pat indessen langweilte sich. Er saß am Tisch und zog eine alte Zeitung hervor, überflog einige Nachrichten, während Phong Fragen stellte über das Bataillon, den Namen des Bataillonskommandeurs, die Verpflegung und die Bewaffnung. Als er nach dem Kampfgeist der Nordvietnamesen fragte, war Hieu am Ende seiner Geduld. Er versuchte angestrengt, den Schatten zu durchdringen und den Kerl zu sehen, der dort stand und sich so unverschämt aufführte. »Wir einfachen Soldaten kämpfen auf Befehl unserer Vorgesetzten. Und wenn Sie etwas wissen wollen über den Kampfgeist der Nordvietnamesen, dann setzen Sie sich mit unserem Hauptquartier in Hanoi in Verbindung. Unser Kampfgeist ist kein Geheimnis! Die Antwort wird nicht ausbleiben!«

Pat warf die Zeitung auf den Boden und bellte mit dem stählern-kalten Ton eines Unbeteiligten, der für die Gefühlsregungen dieser Eingeborenen nichts übrig hatte: »Das ist doch Zeitverschwendung! Los jetzt! Fangt an!«

Die beiden muskulösen Helfer stürzten sich wie Panther auf Hieu, stießen seinen Stuhl um, der eine packte seine Schultern, der andere zückte einen spitzen Dolch, riss mit routinierten Bewegungen Hieus Kopf nach hinten, stach ihm die Messerspitze ins Auge, schabte in der Augenhöhle herum und warf einen Klumpen von der Größe einer Murmel, an dem noch Haut und Fleisch hingen, auf den Zementboden.

Hieu wusste nicht, wie ihm geschah, als er umgerissen wurde und sich die Messerspitze in seine Augenhöhle bohrte. Nham war zutiefst erschrocken und stürzte sich instinktiv mit vollem Körpereinsatz auf den Kerl, der auf der anderen Seite des Tisches stand. Schnell wie der Blitz, ebenfalls ohne eine Sekunde nachzudenken, zog Phong den Revolver und schoss Nham mitten in die Stirn. Die Patrone durchdrang den Kopf und schlug in die Wand dahinter ein. Nham sank nieder, versuchte sich mit nach hinten gereckten Armen abzufangen, sein Mund schnappte nach Luft, seine Augen starrten unverwandt auf seinen Kompaniechef, der sich vor Schmerzen am Boden wand. Nham konnte seine Augen nicht mehr schließen – er war bereits tot.

Das alles spielte sich wie eine Action-Szene im Film blitzschnell ab. Die beiden Helfer stießen Hieu mit Fußtritten in die Mitte des Raums. Das Blut lief in Strömen über sein Gesicht, er konnte nichts sehen, er begriff nur, dass Nham tot war und dass der Kerl mit dem Hanoier Akzent sich gerade über ihn beugte. Der Amerikaner blickte zu Hieu, dann zu Phong, er hatte gerade eine Schlüsselszene für den Krieg dieses Landes erlebt, das er ziemlich gut kannte, da er schon lange hier war.

»Jetzt sind wir quitt, Bruder Hieu! Jetzt hast du bezahlt für das Auge meiner Mutter. Ich habe das so gewollt und angeordnet.« Mit diesen Worten hob Phong den blutigen Fleischklumpen auf, in dem sich Hieus Auge befand, steckte ihn in eine Plastiktüte, als wollte er ein Beweisstück sichern. Hieu sah das alles durch einen dunkelroten Schleier von Blut, das ihm übers Gesicht rann, er nahm Phongs hochgewachsene Gestalt wahr, konnte ihn aber nur verschwommen sehen. Hieu war weder sonderlich verwundert noch über die Maßen bestürzt, er fragte sich, wie eine Familientragödie sich so lang hinziehen konnte, bis in die Gegenwart hinein. Er dachte an seinen Vater, seinen Großvater. Ein unentrinnbarer Fluch hing über seiner Familie, seit Generationen.

Pat hielt Phong seine Hand hin, wie Straßenjungen nach einem gelungenen Streich. »Das hätten wir erledigt! War doch gar nicht so schlimm. Du hättest es nicht so lange aufschieben müssen, das war reine Zeitverschwendung. Ich verstehe, dass du wegen eurer familiären Verbindung unentschlossen warst und mich deshalb dabeihaben wolltest. Aber sieh dich vor, dieser Kampf ist für dich noch nicht zu Ende.«

Phong trat mit Pat hinaus auf den Hof, dann fiel ihm etwas ein, er ging zurück zum Verhörraum und befahl den Helfern: »Bringt den Toten weg und begrabt ihn. Und was den da betrifft, verbindet ihn, dann überstellt ihn nach Hue. Wenn er wieder auf den Beinen ist, kommt er ins Gefangenenlager.«

»Jawohl, Herr Hauptmann, zu Befehl!«

Phong stand noch einen Augenblick in der Tür und betrachtete seinen Bruder, der sich auf dem Zementboden wand, er empfand keine besonderen Gefühle. Es war wie nach anderen Verhören auch. Selbst die vollzogene Rache für seine Mutter berührte ihn nicht sonderlich.

Fünf

Im Süden und im Norden schwiegen die Waffen. Im Norden ebbten Stolz und Begeisterung über den Sieg nach und nach ab, und auf der anderen Seite verlor sich allmählich die Furcht, weil man mehr übereinander zu wissen begann. Ausländische Lieferungen von Lebensmitteln, Kleidung und von Waffen zur gegenseitigen Vernichtung versiegten nun wie eine Sauerstoffzufuhr, die zugedreht wird, vor uns lag ein Leben wie in der Steinzeit, genau wie die Amerikaner es geplant und vorhergesagt hatten, wobei die, die im Krieg Greueltaten verübt hatten, auch die waren, die alles verloren.

Herr Co schwieg, als seine Frau Han ihm sagte, dass man diesen Monat auf die Lebensmittelmarken nur Stickstoffdünger bekam. In den Depots lagerten Hilfslieferungen von Stickstoffdünger im Überfluss, der jetzt im Auftrag der Behörden veräußert werden sollte: Man musste den Dünger gegen Lebensmittelmarken erwerben, um ihn dann auf dem Markt zu verkaufen, nur so konnte man sich auf Umwegen Lebensmittel beschaffen, erklärte Han. Wenn Herr Co ihr dabei helfen wolle, dann bitte, wenn nicht, solle er sich irgendwie die Zeit vertreiben, anstatt im Dunkeln Trübsal zu blasen.

Frau Han entstammte einer einflussreichen Familie. In den zwanzig Jahren der Demokratischen Republik fuhr sie ein Fahrrad der Marke »Einheit«, trug schwarze Hosen aus Stoff, den es nur auf Zuteilungsmarken der Kategorie 2 gab, eine Bluse mit Kragen nach Art der Funktionäre, änderte aber nicht ihren gewohnten Umgangston. Liebevoll und rechtschaffen, gelang es ihr täglich eine warme Mahlzeit für die ganze Familie zu kochen, auch wenn der Reis im Kochtopf zu achtzig Prozent mit Maniok oder Mais gestreckt war. Der Süden hatte Jahr für Jahr zig Milliarden US-Dollar geschenkt bekommen, die größtenteils für Waffen ausgegeben wurden, ein weiterer großer Teil floss ins Ausland, als Polster für die Beamten der Republik Vietnam, sollten sie im Notfall das Land verlassen müssen. Und doch reichte der Rest noch immer aus, um die Städte hell erstrahlen zu lassen. Die sowjetische Finanzhilfe für Nordvietnam war wie Salz, das man ins Meer streute: Sie ging restlos in Waffen auf. Jetzt stellte die Sowjetunion die Hilfe für den Norden ein, der dadurch verarmte. Der Rauch von den Kochstellen der Familien stieg nur matt und fadenscheinig zum Himmel. Der war im Winter dunkelgrau, an den Pflanzen haftete kalkweißer Staub, am Markttag nach dem Tetfest[23] war das angebotene Gemüse bis zur Unkenntlichkeit verrottet wie nach einer Überschwemmung, die Menschen standen mit zerfurchten Gesichtern Schlange, um Tofu zu kaufen. Jeder Schritt vorwärts in die Achtzigerjahre dieses tollen zwanzigsten Jahrhunderts brachte sie dem Kollaps näher. Die Felder lagen brach. Die Menschen, die im Krieg gekämpft hatten, mussten weiter ums Überleben kämpfen, die aus dem Norden reisten in den Süden, beluden sich mit überflüssigem Tand *made in Cho Lon*[24] und beeindruckten damit die Nachbarn zu Hause, Leute in entsprechender Position, mit Beziehungen, hatten schon ihre Übersiedlung nach Hongkong vorbereitet, in ein Auffanglager, mit

Eintrag in eine Flüchtlingsliste. Den Fabriken mangelte es an Rohstoffen, Millionen Menschen waren arbeitslos, niemand leistete Hilfe, mit leeren Händen stand man einsam und verlassen da …

Diese allgemeinen Gedanken hielt Herr Co in seinem für die Nachkommen bestimmten Tagebuch fest, er hielt es sorgfältig versteckt, aus Angst, es könnte jemand anderem in die Hände fallen, aus Furcht vor politischen Folgen.

Sein Haus war nicht wiederzuerkennen. Alle Fensterrahmen waren abmontiert worden, um Hühnerkäfige daraus zu bauen, aber es gab keine Hühner. Stattdessen lagerte in den dicht an dicht hängenden Käfigen ein Sammelsurium aller möglichen Dinge. Von den eingeschlagenen Nägeln bröckelten die Wände. Die Toilette lief über und überschwemmte sogar den Flur, denn unglücklicherweise kamen zu den Dutzenden Bewohnern noch weitere hinzu, Verwandte vom Land, die dachten, hier Nudeln mit Tomaten essen zu können, angesichts der prekären Ernährungslage ein Luxusgericht für die Bauern. Das Zimmer, das Herrn Cos Familie geblieben war, vollgestopft mit ungeordneten Bündeln, sah nicht besser aus als die Gemeinschaftsunterkünfte für Arme. Herr Co war nun im mittleren Alter, er aß täglich eine Schale gestreckten Reis, er wusste nicht, wie seine Frau es schaffte, im Tausch gegen den Stickstoffdünger Reis und Mais zu bekommen, so dass man zwar satt wurde, aber trotzdem an Mangelernährung litt … Mit all dem fand er sich ab, nur warum Hieu zu dieser Zeit immer noch bei der Armee war, verstand er nicht. Hieu hätte doch auf einen Abstecher nach Hause kommen und dann in den Süden gehen können, um ein Zubrot für die Familie zu verdienen.

Als Kriegsversehrter, der bei der Gefängnisfolter ein Auge verloren hatte, übernahm Hieu dennoch einen Posten in der Militäradministration, danach wechselte er zur Sicherheitsabteilung, wo er die gefangenen Offiziere der Gegenseite in Kategorien einteilen musste. Er hielt sich zwar gerade im Norden auf, fuhr aber selten nach Hause. Er war damit befasst, den Transport derer, die große Blutschuld auf sich geladen hatten, in die Lager zu überwachen. Hieu gestand sich selbst nicht ein, dass er sich auch deshalb um diese Aufgabe bemüht hatte, weil er seinen Halbbruder nicht aus den Augen verlieren wollte. Dieser gewissenlose Verbrecher hatte die Folterer angewiesen, ihm, der ihnen wehrlos ausgeliefert war, ein Auge auszustechen. Und er hatte Nham in die Stirn geschossen, seinen Kameraden ermordet, der fast noch ein Kind gewesen war. Dann hatte er Hieu auf seinem Weg durch die verschiedenen Gefängnisse verfolgt und ihm keine Minute Ruhe gegönnt. Monatelang hatte Phong ihn zusammen mit Kriminellen einsperren lassen. Kaum bekamen die mit, dass er Angehöriger der nordvietnamesischen Armee war, wurde er für sie zu einem Magnet, und selbst provinzbekannte Räuber schienen bereit, sich zu läutern, wollten, dass er ihnen revolutionäre Lieder beibrachte und Geschichten erzählte; damals schien der Norden so etwas wie romantische Gefühle zu wecken, selbst bei Mitgliedern der Unterwelt. Als Phong davon erfuhr, ließ er Hieu auf eine Insel verlegen, in ein überfülltes Gefangenenlager mit heißem Sandboden und heißem Blechdach in einer Hitze, die der von Quang Tri in nichts nachstand. Hier konnte Hieu zusehen, wie man Gefangene in Kessel mit siedendem Wasser warf, ihnen große Nägel in die Gelenke trieb … Immer wieder bedrückte ihn die Frage, wie Menschen zu ihresgleichen so grausam sein konnten. Seit damals keimte in Hieu der Hass kräftig auf. All das Unheil, das über seine Familie und ihn selbst hereinbrach, hatten sie Phong zu verdanken, so dachte er. Phong würde sich dafür verantworten müssen.

Hieu ging ins Militärhospital, um sich ein Glasauge einsetzen zu lassen. Erst jetzt hatte er sich dazu entschlossen. Zunächst hatte er es aufschieben wollen bis zu dem Tag, an dem er Phong wiederbegegnen würde, aber der Truppenarzt riet ihm, nicht länger zu warten, da später Komplikationen zu befürchten waren. So ging er in dieses Militärhospital im Norden, auch in der Hoffnung, dort Truc zu finden. Die beiden stürzten aufeinander zu, ohne sich vor den Verwundeten um sie her zu schämen, was nicht ungewöhnlich war zu jener Zeit. Die Augenabteilung war offenbar zu fast hundert Prozent mit dem Einsetzen von Glasaugen beschäftigt. Einige der blinden jungen Patienten tasteten Hieu ab: Sie wollten feststellen, ob er vielleicht ein Bekannter oder jemand aus ihrer Gegend war. Trucs Tränen netzten Hieus Schulter. »Im Rückführlager für ehemalige Kriegsgefangene habe ich erfahren, was dir passiert ist. Es muss schrecklich für dich sein, Liebster!«

»So schlimm ist es nicht. Ich habe noch meine Arme und Beine, das ist wirklich ein Glück. Ein gesundes Auge reicht völlig aus, nur die Kopfschmerzen muss ich loswerden. Dieses Pack hat mir so tief ins Auge gebohrt, dass der Nerv dahinter getroffen wurde. Das macht mich noch verrückt!« Hieu bemühte sich um einen leichten Ton wie zu Studienzeiten, um seine Emotionen zu überspielen. »Bitte sag deinen Kollegen, sie sollen sich mit meinem Glasauge Mühe geben, damit es niemandem auffällt!«

»Ja, Liebster. Aber für mich bist du sowieso der schönste Mann, du hast nicht den geringsten Makel!«

Truc zeigte ganz offen ihre Zuneigung. Die beiden standen Seite an Seite, das Militärhospital war noch nicht in die Stadt verlegt worden, es befand sich in der Tiefebene nahe dem Meer, ein sanfter Wind kühlte die Wunden, linderte die Trauer über erlittenes Leid. Noch wusste niemand, dass Phong der Anstifter dieser Geschichte war. Der hatte Nham mit einem einzigen Schuss getötet, als Hieu das Auge ausgestochen wurde. Und während Hieu sich halb ohnmächtig vor Schmerz auf dem Zementboden wälzte, hatte Phong gesagt: »Wir sind quitt, Bruder Hieu!« Hieu war damals außerstande gewesen, über diesen Satz nachzudenken, aber je weiter die Szene zurücklag, desto mehr spürte er die widersinnige Kränkung. Nach allem, was ihm im Leben widerfahren war, hatte Hieu die Erinnerung an seine Kindheit im französisch besetzten Hanoi beinahe vergessen. Die beiden Mütter, ihre beiden Söhne … »Wir sind quitt, Bruder Hieu!«, dieser Satz hallte in seinen Ohren wie aus weiter Ferne wider.

Truc war erstaunt über die angespannte Miene des jungen Mannes.

»Ich erzähl dir jetzt diese Geschichte, aber meine Eltern dürfen nichts davon erfahren. Es würde sie umbringen.«

Der Folterknecht, der sein Auge ausstechen ließ, sei noch am Leben, sagte Hieu. Er konnte ihn nicht töten, und zwar deshalb, weil es Dinge gab, die man als Betroffener erst dann wirklich durchblickte, wenn man herzzerreißendes Leid erfahren hatte …

Truc hörte ihm zu, auch sie hatte vieles durchgemacht. Von Zeit zu Zeit legte sie wie eine Mutter beschwichtigend den Arm um seine Schultern. Auch Truc kannte Fälle von Familien, deren Mitglieder es auf zwei gegnerische Seiten verschlagen hatte. Im Norden baute man den Sozialismus auf, aber es gab Menschen, die wegen unbedachter Äußerungen im Gefängnis landeten. Bei der Übersiedlungswelle im Jahr 1954[25] zogen viele Menschen aus dem Norden in den Süden, wobei sie Besitztümer zurückließen, aber wer profitierte davon? Als man nach dem 30.4.[26] dann wieder aufeinandertraf, lautete der erste Satz: »Wir haben euch unseren Besitz überlassen, und ihr habt ihn dazu genutzt, euch Vorteile und Posten zu verschaffen auf Seiten unserer Feinde …« Vorwürfe. Tränen. Aber mit jedem Missverständnis, das ausgeräumt wurde, lernte man sich besser kennen, sie waren alle Opfer einer außergewöhnlichen Krise.

»Deine Geschichte entsetzt mich, ich finde diesen Phong, deinen jüngeren Bruder, furchtbar.«

»Vielleicht findest du mich ja noch furchtbarer. Warte nur ab.«

»Übertreib's nicht, Liebster. Zügle deine Wut. Jedem Menschen ist nur eine begrenzte Zeit zugemessen. Und man muss doch weiterleben, miteinander leben!«

»Ich weiß. Aber es ist nicht leicht.«

»Was hast du mit Phong gemacht?«, fragte Truc, die

wissen wollte, was für Gefühle ihn jetzt erfüllten. Sie mochte es nicht, wenn er sich in Geschichten verbiss, die nicht zu ändern waren.

Zögernd erzählte Hieu: »Phong hat es fertiggebracht, noch in letzter Sekunde mehrere nordvietnamesische Soldaten zu ermorden. Gemeinsam mit anderen. Ihr letztes Opfer hatte alle Wachsamkeit fahren lassen, als ein Jugendlicher die Beschaffung eines Radios anbot, und sich von seiner Einheit entfernt. Er kam nicht zurück. Seine Kameraden suchten ihn bis zum Einbruch der Nacht vergeblich entlang der Straße der Freiheit, dann kamen Anwohner und riefen, es werde geschossen. Sie stürmten in ein leerstehendes Haus, da lag er rücklings auf einem Tisch, seine Hände an Stuhllehnen gefesselt, seine Genitalien abgeschnittenen, einen Knebel im Mund, tot. An jenem Tag gab es viel Trubel, so gut wie keine Schüsse, dafür Hurrarufe, Applaus, Umarmungen, strahlende Gesichter. Als dieser eine tödliche Schuss fiel, trug Phong nicht mehr die Uniform der Republik Vietnam, aber als er gefasst wurde, hatte er den qualmenden Revolver noch in der Hand. Der nordvietnamesische Soldat war offenbar lange gefoltert, aber gerade erst erschossen worden. Bei seiner Verhaftung schlug und trat Phong um sich, seine beiden Komplizen zeigten sich gefügiger. Vom Sammelplatz der mit Blutschuld Belasteten rief man mich an, als ich im Polizeipräsidium über einem Stapel Akten saß, den der Feind zurückgelassen hatte. Ich trat Phong nicht direkt gegenüber, schaute nur durch das Gitter der Zelle. Er bemerkte mich nicht. Ich war bestürzt, als ich mein Ebenbild erblickte. Wir gleichen uns wie Zwillinge. Ich befahl, ihn sofort wegzubringen. Noch am selben Tag wurde er in das am weitesten nördlich gelegene Lager in den Bergen überstellt, wo er für immer bleiben muss.«

»Das Lager am Himmelstor?«

Hieu nickte. »Hätte ich ihn deiner Meinung nach feierlich heim zu meinen Eltern geleiten sollen: Hier ist mein teurer jüngerer Bruder? Oder ihn ins Arbeitslager zur Umerziehung schicken wie gewöhnliche Offiziere? Sie wurden zur Armee eingezogen, weil sie auf der anderen Seite waren, sie hatten keine Wahl, weil sie nur so ihren Lebensunterhalt, ihren Lebensstil sichern konnten, andererseits gab es auch solche, die aus Überzeugung handelten ... Nach einer gewissen Zeit der Umerziehung dürfen sie das Lager verlassen. Aber die bis ins Mark von Hass erfüllt sind, die imstande waren, hemmungslos zu morden, an deren Händen das Blut ihrer Mitmenschen klebt, muss man doch anders behandeln ... Pat ist ein Ausländer, er kehrt in seine Heimat zurück und ist nur Gottes Urteil unterworfen, Phong dagegen muss hierbleiben und für seine Blutschuld büßen. Man hat ihn in dieses Lager gebracht, unter Leute, die im Norden geboren und aufgewachsen sind und dort Verbrechen verübt haben. Wenn diese Gefangenen seit den Fünfzigerjahren dort leben, dann kann er es auch. Es gibt dort nur hohe Berge, nur duldsam gesenkte Köpfe. Es gibt Malaria, Tuberkulose, giftige Fliegen und Moskitos, genau wie in den Wäldern Afrikas. Im ganzen Land wird gehungert, da können auch die Gefangenen nicht satt werden. Er wird bis zum Ende seines Lebens dort bleiben, dem Vergessen anheimgegeben, kein Kriegskamerad, überhaupt niemand wird ihn je besuchen und sich um ihn kümmern, nicht mal Frau Viet aus Saigon wird man zu ihm lassen. Ich habe mit Bekannten gesprochen, die in der Gegend etwas zu sagen haben, sie haben mir zugesichert, ihn zu isolieren und dort hinaufzubringen, auch sein Name soll verschwinden, er soll nur noch eine Häftlingsnummer sein. Nach seiner Einstufung als gefährlich ist er ein Gefangener der Kategorie A1 und bleibt an einem besonders gesicherten Ort interniert …«

Hieu sprach in einem Atemzug, als wolle er alle Kränkungen, die ihn seit langem bedrückten, auf einmal abstreifen. Dann sagte er betont nüchtern, ohne Truc anzusehen: »Ich bin nun mal so. Wenn du das ertragen kannst, ist es gut, wenn nicht, musst du dein Glück eben anderswo suchen, dann musst du nicht auf mich warten, dich nicht um mich kümmern. Ich habe nur eine Bitte: Dir allein habe ich das erzählt, niemand sonst soll davon erfahren.«

Truc seufzte. Sie wusste nicht, was sie sagen sollte.

Sechs

In den Jahren, in denen Hieu verschiedene Gefangenenlager durchlief, rief Phong oft die jeweiligen Leiter an, dass sie Hieu nicht schlagen sollten. »Der Kerl ist mein Bruder!« Er bat sie aber zu veranlassen, dass Hieu die Folterung nicht aussagewilliger Gefangener mit ansehen musste, um ihn psychisch unter Druck zu setzen – als Vergeltung für damals. Derweil ging Phong seelenruhig seiner täglichen Arbeit nach, er interessierte sich kaum dafür, was im Land passierte, er lebte sorgenfrei von dem Geld, das Amerika im Überfluss ins Land pumpte, bis Herr Minh[27] die Entscheidung kundtat, dass die USA binnen vierundzwanzig Stunden alle ihre Leute abziehen müssten. Mit ihren Chinook-Hubschraubern bildete die US-Army eine Luftbrücke und flog ununterbrochen Leute aus, was den Flugverkehr über Saigon ins Chaos stürzte. In der Schlacht um Xuan Loc setzte man erstmals die fünf Tonnen schweren CBU-55 Bomben ein, und mit Fliegerbomben tötete man nochmals zigtausende Menschen – das war das letzte Aufbäumen des Krieges, dann verkündete Herr Minh die Kapitulation des Feindes. Diese Ereignisse trafen Phong wie ein Schlag, wütend zog er seine Pistole und schoss in den Himmel, dann vergrub er sein Gesicht in den Händen und schrie »O Mutter!«. Phong eilte zurück nach Saigon, da war seine Mutter bereits in dem wild flüchtenden Menschenstrom verschwunden. Es war das tragische Ende einer Armee mit mehr als drei Millionen Mann und dreizehn Elitedivisionen, schlagkräftigen paramilitärischen Milizen, mit Kampfflugzeugen, Versorgungsschiffen und Nachschubkolonnen von Marine und Heer, mit unzähligen Waffenlagern, die die Amerikaner zurückgelassen hatten. Alles brach zusammen! Phong kam zu Ohren, dass irgendein hohes Tier in der letzten Kabinettssitzung angeblich verkündet hatte: »Dies ist der Krieg der USA, die Amis fliehen, also gibt es für mich keinen Grund zu bleiben!« Da erst begriff Phong, worüber in Saigon, auch unter den Offizieren in der Armee, überall getuschelt wurde, dem er bisher allerdings keine Beachtung geschenkt hatte. Es hieß, dass die Milliarden Dollar, die Amerika jährlich ins Land pumpte, von den Generälen eingesackt wurden, sie hatten vorgesorgt und sich prächtige Häuser im Ausland gekauft, Aktien von Großunternehmen erworben, sie hatten Flugtickets in der Tasche und waren längst weg, als Leute wie Phong noch damit beschäftigt waren, ihren Hass zu pflegen, ohne genau zu wissen, wogegen sich ihr Hass eigentlich richtete. Phong ging es wie allen anderen, auch er wurde entgeistert Zeuge des Untergangs eines Regimes mit kreuz und quer auf den Straßen zurückgelassenen Fahrzeugen, Bergen von durcheinandergeworfenen Koffern, Bündeln und Truhen, offen stehenden Häusern, in denen ein Wust von Dokumenten und Besitzurkunden herumlag, Geld, Eingaben an Behörden und die Stadtverwaltung, Alben mit Fotos vom ersten Geburtstag der Kinder, von jungen Frauen, die sich mit Blumen in Pose geworfen hatten, die Nähmaschine mit dem halbfertigen *ao dai* … All die Gegenstände des täglichen Gebrauchs, die normalerweise gehegt und gepflegt wurden, überließ man nun ihrem Schicksal und die Menschen dem offenen Meer. Phong weinte um das alles, schluchzend trottete er im Zug der besiegten Soldaten dahin, seiner Uniform hatte er sich bereits entledigt, sie zu den herrenlosen Kleidungsstücken am Straßenrand geworfen.

Am nächsten Tag rief Phong ein paar Kumpane zusammen, die das Ende noch nicht akzeptieren wollten. Sie ermordeten nordvietnamesische Soldaten, die arglos unterwegs waren, um Radios und Wollpullover zum Mitnehmen in den Norden zu kaufen. Einer von Phongs Leuten spielte den Köder, stellte ihnen ein günstiges Geschäft in Aussicht, die Soldaten fielen darauf herein und wurden in eines der verlassenen Häuser gestoßen. Statt ihnen einen schnellen Tod zu gewähren, wies Phong seine Komplizen an, sie den gleichen Schmerz spüren zu lassen, den sie selbst litten. Sie rammten den Soldaten Kampfmesser in den Leib, stopften ihnen Kot in den Mund, schnitten ihnen Ohren und Genitalien ab … Die jetzt herrenlosen Häuser hatten in der Regel reichen Leuten gehört, sie verfügten über dicke Wände und stabile Türen, außerdem hatte man die Gefangenen geknebelt, so dass sie während der Misshandlung nicht schreien konnten. Die Kerle machten kurzen Prozess, dann zogen sie durch die Hintertür ab und tauchten in der Fahnen schwingenden und Parolen rufenden Menschenmenge unter. Am Ende des dritten Tages wurde Phong gefasst, als er einem nordvietnamesischen Soldaten mit einer Pistole in die Schläfe schoss, weil der sich wand und um sich schlug und nicht auf die Weise sterben wollte, die Phongs Trupp für ihn vorgesehen hatte – sie hatten ihn rücklings auf den Tisch geworfen und ließen das Kampfmesser von hoch oben auf sein Gesicht hinuntersausen. Obwohl er bereits zerstochen, zerschnitten und geknebelt war und man seine Hände an neben dem Tisch stehende Stühle gefesselt hatte, gelang es ihm, seine Beine aus der zu lockeren Schnur zu befreien und Phong zu treten. Phong hatte damit nicht gerechnet und schoss ohne zu überlegen. Ein Schuss zu diesem Zeitpunkt erregte sofort Aufmerksamkeit …

Als Phong und einige Kumpane, die im berüchtigten Chi Hoa-Gefängnis »gearbeitet« hatten, in einem geschlossenen Transporter in den Norden gebracht wurden, versuchte er, durch eine Ritze in der Seitenwand nach draußen zu schauen. Weit und breit verlassene Felder, zwar hatte man überall Fahnen und Transparente aufgestellt, aber es waren kaum Menschen zu sehen, außer ein paar Kindern in zerrissener Kleidung, die mit großen Augen dem Wagen hinterherblickten. Der Norden – das hieß für Phong: Herr Co, Hieu. Der Wagen hielt in einer hügeligen Gegend auf dem Gelände eines Lagers mit niedrigen strohgedeckten Hütten, jetzt am Abend kam Nebel auf, die Landschaft erinnerte an amerikanische Filme über afrikanische Wälder oder einsame Inseln. Hier bekamen die Gefangenen nach tagelanger Fahrt zum ersten Mal eine warme Mahlzeit: Es gab Reis, Gemüse und Tofu, und zu trinken gab es Tee, denn das Lager war umgeben von Teeplantagen. Nach fast zwei Wochen im Gefängniswagen schlief Phong ein, sobald er auf der Pritsche lag. Im Wagen hatte rechts neben ihm Thap gesessen, der aus Nam Dinh stammte und in den Süden gezogen war. Er hatte die Angewohnheit, weibliche Gefangene von einem Schäferhund, groß wie ein Kalb, vergewaltigen zu lassen, indem er sie an einen Tisch fesselte und den Hund auf ihren Rücken steigen ließ, was ihn selbst so aufgeilte, dass er eine Gummipuppe vor sich hielt und gleichzeitig mit dem Hund den Akt ausführte. Phong ekelte sich, er meinte sogar, den Gummigeruch wahrzunehmen, doch sie waren zusammen in dem Wagen gefangen, es gab kein Entrinnen. Hung, sein linker Nachbar, hatte schon mal einen Menschen aufgeschlitzt, dessen Leber entfernt, über dem Feuer gegrillt und gegessen. In den Nächten auf der Fahrt über die Nationalstraße Nr. 1 schliefen die beiden rechts und links von ihm, Speichel rann ihnen aus den Mundwinkeln, er wand sich, um ihrem Dunstkreis zu entkommen. Phong hatte selbst viele Menschen getötet, doch neben Typen, die etwas Derartiges getan hatten, wollte er nicht sitzen ... Auch in dieser Nacht schliefen sie wie Schweine, unbekümmert um die Zukunft.

Hier im Norden war schon Winter, so dass sich nachts eine dünne Eisschicht auf Tümpeln und Pfützen bildete. Phong erinnerte sich vage an die Winternächte seiner Kindheit in Hanoi, an die warme Decke, den brennenden Kamin in der Ecke, an die durchs Fenster dringenden Rufe, die gegrillte Süßkartoffeln und Sesampudding anpriesen. Seine Mutter hatte ihn gefragt, ob er Süßkartoffeln essen wollte – warum hatte er damals abgelehnt, warum erklärt, dass er müde sei? In den letzten Jahren hatte das Blut diese Erinnerungen weggeschwemmt. Jetzt und hier die Kälte des Nordens zu spüren, war wirklich unangenehm. Sie betäubte den Verstand, wenn man zwanzig Jahre unter einem Himmel gelebt hatte, wo von morgens um vier bis zum Anbruch der Dunkelheit die Sonne brannte, und man wünschte sich, mit einer leichten Jacke bekleidet durch das nächtliche Saigon zu schlendern ... Aber schon nach einem Tag in diesem Lager fand Phong, dass er es hier aushalten konnte, tagsüber war es nicht so kalt, außerdem wohnten in der Nähe Leute. Er konnte sehen, wie sie ihre beladenen Pferde auf der Hauptstraße dahintrieben, sogar Kinder liefen auf den Hügeln herum, und das Krähen des Hahns war so friedlich. Am Morgen rief ein Gongschlag die Gefangenen zur Arbeit auf den Hügeln. Mit etwas Anstrengung müsste man ein Dutzend Jahre überstehen können! Doch dann wurde Phong ins Verwaltungsbüro gerufen und erfuhr, dass er in ein anderes Lager überstellt werden sollte.

»Wohin bitte, verehrter Herr Beamter?«, fragte Phong, bereits vertraut mit den Umgangsformen im Lager.

»Wir haben Anweisung, Sie in ein Lager im Nordwesten zu verlegen, über hundert Kilometer von hier entfernt.«

»Wer wird mit mir kommen, bitte?«

»Lediglich zwei Wachmänner, die Häftlinge bleiben zur Umerziehung hier.«

Damals konnte Phong nicht ahnen, dass sein Halbbruder, der Bruder, dem er im Verhörraum gnadenlos das Auge hatte ausstechen lassen, ihn nun aus der Ferne beobachtete und dafür sorgte, dass man Phong keine Minute in Ruhe ließ ...

Die erste Etappe legten sie mit dem Auto zurück. Doch als sie zu dem einzigen Weg kamen, der den Berg hinaufführte, mussten die beiden Wachleute und der Gefangene zu Fuß weiter. Phong trug eine Stofftasche mit etwas Kleidung und sonstigen Habseligkeiten, die aber schon am zweiten Tag schwer wie ein Felsbrocken auf seinem Rücken lastete. Die beiden Wachleute waren noch jung, unterwegs scherzten sie über Gott und die Welt, niemand scherte sich um Phongs Probleme. Sie waren es gewohnt, zu Fuß zu gehen, und dieser Weg schien ihnen vertraut zu sein. Trotz der Kälte war Phongs Hemd am Rücken schweißgetränkt. Er atmete schwer, richtete den Blick nach oben zu den Berggipfeln und dachte an attraktive, lediglich einen Schritt vom Parkplatz entfernte Vergnügungsstätten. Seine Füße hatten keine Übung darin, größere Strecken zu laufen, wie die Leute aus dem Norden, die die Truong Son-Bergkette zu Fuß überquerten, oder wie seine Begleiter hier, die redeten und lachten, als ob nichts wäre.

Bei einer Rast saß Phong einmal da und aß von seinem Vorrat an gepresstem Reis mit Salz und Sesam, die Wachleute aßen ebenfalls gepressten Reis mit Salz und Sesam. Einer der beiden war offenbar nicht ungebildet, er erklärte dem Gefangenen, dass sie sich auf dem Weg der verstorbenen Seelen befanden. »Wir nennen ihn so, weil dies die höchste Stelle des Verbindungswegs zwischen Dong Van und Ha Giang ist. Finden Sie nicht auch, dass dieser Weg an den gefährlichen Pass nach Thuc zur Zeit der Streitenden Reiche erinnert? Sie haben die Chroniken der Drei Reiche doch gelesen, oder?«

»Na ja, wir im Süden gehörten zu einer Generation, die vor allem übersetzte Bücher aus den USA, aus Frankreich lasen, es waren die Älteren, die die Chroniken der Drei Reiche studierten, deshalb habe ich keine Vorstellung von dem Weg nach Thuc.«

Der Wachmann zeigte eine Nachdenklichkeit, die zu seinem so jung wirkenden Gesicht nicht passen wollte. »Es bedeutet, dass dieser Weg nichts Gutes verheißt und Sie sich darauf einstellen sollten. Ihr im Süden habt euer Leben gelebt, ohne daran zu denken, dass man für alles bezahlen muss, dass keiner der Sühne entgeht, ohne Ausnahme. Ihr konntet nach Herzenslust tun und lassen, was ihr wolltet, deswegen beißt ihr jetzt am besten die Zähne zusammen und nehmt hin, was sich nicht ändern lässt!«

In bitterer Traurigkeit senkte Phong den Kopf. Er dachte an seine Mutter, die, wenn sie von diesem Ort wüsste, ihn nicht namenlos sterben lassen würde, ohne ein Grab, ohne einen Grabstein zum Gedenken. Wenn die Familie nicht davon erfuhr, konnte man hier tatsächlich sterben, ohne eine Spur zu hinterlassen. Vermutlich wurde er sich erst in diesem Moment seiner prekären Lage voll bewusst.

Der holprige Weg voller Katzenohren-Steine war nur zwei Meter breit, wie ein langes Band wand er sich um den Berg. Nur hin und wieder traf man auf ein schwerbeladenes Pferd, gefolgt von einem Mann aus der H'mong-Minderheit, der sich am Schwanz des Pferdes festhielt, freundlich lachte, grüßte und ein Wort mit den Wachleuten wechselte. In dieser Gegend war es nichts Ungewöhnliches, dass Gefangene überführt wurden. Phong kämpfte gegen die Kälte, die nach oben hin immer eisiger wurde, er atmete kleine Dampfwolken aus. Als der Trupp am späten Abend sein Ziel erreichte, wurde Phong sofort in eine Zelle gebracht. Zum Abschied sagte einer der Wachmänner halb im Scherz, halb im Ernst: »Wer einmal hier ist, bleibt auch hier. Bis das Gras grün gewachsen ist …«[28] Dies sagte er auf dem Weg hinaus, wo der aufsteigende Nebel alles verhüllte, Berge, Bäume und der Himmel versanken im Dunst. Die Bemerkung des Wachmanns und der weiße Nebel ließen Phong frösteln. Es war das erste Mal in seinem Leben, dass ihn ein solches Gefühl überkam; in seinen jungen Jahren war er stets voller Begeisterung und Tatendrang gewesen, als gäbe es keine Anzeichen einer Niederlage, eines Endes.

Phong bekam eine Schale Reis zu essen, dazu einen Becher heißes Wasser mit einer Scheibe Ingwer, ein Mittel gegen die Kälte dieser Gegend. Dann legte er sich auf die hintere Pritsche und deckte sich mit einer chinesischen Wolldecke zu – in einer Ecke war die Marke aufgedruckt. Er hüllte sich bis zum Kopf ein, versuchte zu schlafen, doch in der Zelle war es eisig wie in einem Kühlschrank. Jedes Mal, wenn er sich umdrehte, kroch die Kälte unter die Decke, also blieb er still liegen, konnte aber nicht einschlafen. Phong zitterte wie ein Fisch, der auf dem Trockenen nach Luft schnappt, Tränen quollen aus seinen Augen, er war fassungslos, in eine solche Lage geraten zu sein.

Am Morgen ertönte das Wecksignal, die Leute in der Zelle rappelten sich mühsam auf wie Gespenster. Die anderen Gefangenen waren wohl schon jahrelang hier, meinte Phong, der sie beobachtete, sie atmeten und redeten, ohne sich vor Kälte zu krümmen. Sie mussten Steine klopfen. Als Neuankömmling durfte Phong einen Tag ausruhen, verkündete der Aufseher. Das kärgliche Frühstück bestand aus einer Schale mit weichgekochtem Mais und einem Becher Wasser. Phong bemühte sich zu essen und zu trinken, um zu Kräften zu kommen, um Hoffnung zu schöpfen, er wollte unbedingt den Satz des Wachmanns widerlegen: »Wer einmal hier ist, bleibt auch hier!« Nein. Er würde nicht hierbleiben! Er war doch noch jung ... So versuchte er, sich selbst Mut zuzusprechen.

An diesem Morgen wurde er von einem Mann, der eine Häftlingsnummer trug, aus der Zelle geholt und zur Gefangenenregistrierung geführt. Phong sondierte eingehend die Umgebung und erkannte die Aussichtslosigkeit eines Fluchtversuchs: Selbst wenn man aus dieser Felsformation entkam, würde man den Weg ins Freie nicht finden und in einer der vielen Spalten umkommen. Das Gefängnis hier bestand aus in die Felswand hineingeschlagenen riesigen Grotten, die eine Art Höhlensystem bildeten, alle Zugänge hatten Metallrahmen und wirkten wie Schießscharten, die Eisenstäbe in den Türen waren so dick wie der Unterarm eines Mannes, keine normale Säge, kein gewöhnlicher Meißel konnte sie aufbrechen. Phong betrachtete die massiven Felssockel, die dicken Wände, schätzte die Höhe ab ... Ringsum nichts als Gestein.

Der Tag zog still herauf, nur in der Ferne waren Geräusche zu hören, Detonationen von Dynamitsprengungen, das Hämmern der Gefangenen, die Steine für den Straßenbau zerklopften. Die Registraturstelle befand sich nicht in einer Höhle, sondern in einem aus großen Steinen errichteten Gebäude mit Holztüren und gewöhnlichen Stühlen und Tischen, es gab weitere Steinhäuser für Küche, Vorratslager, die Wohnungen der Aufseher. Diese normalen Häuser waren nicht so schlimm wie die Zellen in der Höhle.

Ein Mann mittleren Alters in gelber Uniform saß hinter einem Holztisch. Er sah recht gutmütig aus. Seine Gesichtszüge waren die eines Bauern aus dem Norden, Phong kannte diesen Typus, auf der Kautschukplantage eines Freundes war er ihm unter den nach Süden migrierten Arbeitern oft begegnet.

Der Mann musterte Phong eine Weile, verzog wie im Spott leicht den Mund und schaute dann wieder hinunter in seinen Ordner. »Sie sind also Dam Nghia Phong?«

»Ja, verehrter Herr Beamter, ich bin Dam Nghia Phong.«

»Unterschreiben Sie hier. Dies ist Ihre Häftlingsnummer. Gut, das war's. Heute dürfen Sie sich ausruhen, morgen geht es mit den anderen an die Arbeit.«

Der Gefangene, der Phong hergeführt hatte, wartete auf ihn, er war offenbar schon lange hier im Lager, denn er war etwas lässiger, was die Förmlichkeiten gegenüber den Aufsehern betraf.

An der Tür zögerte Phong einen kurzen Augenblick und drehte sich zu dem Uniformierten hinter dem Schreibtisch um. »Verehrter Herr Beamter, erlauben Sie mir bitte eine Frage.«

»Fragen Sie«, antwortete der freundlich.

»Ich möchte wissen, warum ich als Einziger hierher gebracht wurde. Die Kameraden, die mit mir in den Norden kamen, sind unten im Lager geblieben, obwohl sie viele schlimmere Dinge getan haben als ich. Warum hat man mich von ihnen getrennt?«

Der Mann in Uniform klopfte mit dem Stift auf das Papier. Sein Mienenspiel vermittelte nicht den Eindruck von Ahnungslosigkeit. Im Gegenteil, es verriet, dass er sehr wohl informiert war. Doch er fasste sich schnell. »Wir erhalten Befehle von oben, ohne den Grund zu erfahren. Gehen Sie!«

Phong ging nachdenklich schweigend hinaus, die Frage beschäftigte ihn umso mehr. Er bekam seine Häftlingskleidung, auf deren Oberteil seine Gefangenennummer aufgedruckt war, Phongs Name existierte von nun an nicht mehr. Als er die wattierten Baumwollsachen anzog, überkam ihn das Gefühl, dass jemand anders sie schon getragen hatte und dass dieser jemand bereits verschwunden war.

Gegen Abend bildeten sich Wassertropfen auf dem grünlichen Fels, die langsam zu weißem lockerem Reif gefroren, wie man ihn auch an den Innenwänden von Kühlschränken findet. Mehrere Dutzend Gefangene, manche mit langem Haar und langem Bart, viele weißhaarig, gingen den einzigen Weg hinauf zu den Höhlen. Sie wirkten gleichmütig, durch die Arbeit im Freien nicht übermäßig erschöpft, weil sie schon lange hier lebten, und keiner schien zu hoffen, dass sich seine Situation jemals verändern würde. Sie betraten den Platz, übergaben ihre Hämmer an die für die Rücknahme der Arbeitsgeräte Zuständigen und kehrten dann zurück in die Höhle. Erst jetzt bemerkte Phong ganz hinten in seiner Zelle eine Reihe von Handfesseln aus Eisenholz. Der Mann, der neben ihm auf der Pritsche schlief, drängte sich an ihm vorbei, ging zu seinem Platz, um seine Sachen abzulegen, und sagte dann leise: »Die Handfesseln sind für die Bestrafung von Gefangenen. Manchmal kribbelt es den einen oder anderen in den Beinen und er will auf den Gipfel klettern, den fangen sie ein, er wird für ein paar Tage gefesselt. Dann binden sie ihn wieder los.«

»Gibt es auch Prügel, Onkel?«, fragte Phong.

»Nein. Wer erst mal hier gelandet ist, bringt es nicht mehr übers Herz, andere zu schlagen. Auch die Gefängniswärter haben es schwer!«, sagte der Gefangene und streckte sich auf der Pritsche aus.

Phong dachte daran, dass man ihn auf dem Weg in den Norden kein einziges Mal geschlagen hatte – im Gegensatz zu den gefangenen Kommunisten im Süden, die Phong und seinen Leuten in die Hände fielen, sie wurden gefoltert. Die Verhörräume waren immer voll ausgelastet. Wie es die Kriegslage erforderte, hatte Phong aus Gefangenen gewaltsam geheime Informationen pressen müssen, so oft, dass er es gewohnt war, Menschen bei ihrem letzten Atemzug zuzusehen. Aber nicht immer, wenn gefoltert wurde, war es durch die Kriegslage gerechtfertigt. Oftmals geschah es aus reinem Hass. Dieses diffuse Hassgefühl hatte Phong jedes Mal befallen, wenn er Gefangene von drüben sah, und ihn in eine kaum erträgliche Erregung versetzt. Nun musste er dafür bezahlen. Auch wenn er sich dessen bewusst war, verstand Phong nicht, warum man sich die Mühe gemacht hatte, ihn von den anderen zu trennen. Sein Bruder kam ihm dabei nicht in den Sinn, ebenso wenig die Erinnerung daran, wie Hieu sich auf dem Boden wälzte. Die vielen einschneidenden Veränderungen, das fiebrige Chaos der letzten Kriegstage, die Sucht, bis zur letzten Sekunde zu vernichten, und dann die Verhaftung, die Tage im geschlossenen Lastwagen, die Rückkehr in den Norden nach über zwanzig Jahren, und das in einem

Gefangenentransporter – all dies hatte verhindert, dass er über seine Lage nachdenken konnte.

Der Mann, der neben Phong lag, war nicht sehr gesprächig, Fragen beantwortete er lediglich mit knappen Worten. Gleichmütig aß er den weichgekochten Mais, kaute mit seinen wenigen Zähnen mühsam darauf herum, gleichmütig schlug er nach den Mücken, die in Schwärmen umherschwirrten. Die Mücken flüchteten sich vor der Kälte in die Höhle, angezogen von der Wärme der menschlichen Körper. Beim Steineklopfen arbeitete sein Nachbar konzentriert, aber offenbar nicht aus Angst, sondern weil ihm die körperliche Arbeit lag, vermutlich vergaß er dabei seine Sorgen und Ängste. Nachts trug er seine wattierte Jacke mit der Häftlingsnummer mit einer Schnur um den Körper gegürtet, außerdem Stoffschuhe und eine Wollmütze. Dann wickelte er sich in eine Decke und schlief mit ausgestreckten Gliedern tief und fest. Seinem Schicksal schien er keine besondere Beachtung zu schenken. Die anderen hinten in der Zelle nannten den Alten oft »Meister«, Phong wusste nicht, warum.

In manchen Nächten war die Mückenplage so schlimm, dass Phong nicht schlafen konnte und mit dem Mann zu reden versuchte.

»Warum nennen die Leute Sie ›Meister‹?«

»Vielleicht weil ich älter bin als sie?«

»Wie lange sind Sie schon hier?«

»Seit neunzehn-hundert-acht-und-fünfzig.« Er sprach langsam und deutlich, betonte jede einzelne Ziffer. »Da waren Sie gewiss noch jung, nicht wahr?«

»Natürlich!«

In einer anderen Nacht erkundigte sich Phong, unter welchen Umständen man ihn festgenommen hatte.

»Ich arbeitete gerade in meinem Amt, als ein Kommandofahrzeug vorfuhr. Zwei Männer kamen und erklärten, sie sollten mich auf Anordnung der Behörde für einige Tage zu einer Fortbildung abholen. Meine Bürokollegen meinten, für eine Fortbildung brauche man doch Klamotten zum Wechseln. Einer der Männer erwiderte, Kleidung sei nicht notwendig ...«

Phong schwieg eine Weile und sagte dann unvermittelt: »Ja, Kleider braucht man wirklich nicht, überall liegen sie schon bereit.«

Eines Nachts fragte Phong den Mann, ob er ein politischer Gefangener sei. »Als ich noch im Süden war, hörte ich, dass es im Norden eine Reihe politischer Gegner gibt, die ohne Gerichtsurteil verhaftet und eingesperrt wurden ...«

Phong blieb still liegen, der Gefangene antwortete nicht und schien zu schlafen, doch dann sagte er plötzlich leise: »Aber ich bin anders als ihr. Ich habe gehört, warum du hierher verbannt wurdest, während Offiziere üblicherweise in Umerziehungslager kommen. Weil du Blutschuld auf dich geladen hast. Blutschuld ist sehr schwer zu sühnen. Unabhängig davon, was in den Köpfen solcher Menschen vorgeht, ist die Tatsache, dass sie gewissenlos ihresgleichen zerfleischen, den von Gott geschenkten Leib foltern, unentschuldbar. Welches Recht habt ihr, so etwas zu tun? Es ekelt mich an, neben dir zu liegen.«

In den folgenden Tagen wechselte der Gefangene kein Wort mehr mit Phong, dem seine gelassene Haltung unwillkürlich Respekt einflößte, es war weder Resignation noch der Versuch, etwas zu verdrängen. Die Art, wie er sein Schicksal akzeptierte, ließ ihn einen Kopf größer wirken als Phong. »Blutschuld ist sehr schwer zu sühnen«, hatte der Alte mit großem Ernst gesagt. Die Zeit verging schleichend langsam in dieser felsigen Gebirgsgegend, diesem gigantischen Kühlschrank. Und keiner redete nachts mehr mit dem anderen.

Eines Mittags, als sie sich auf den Felsen zu einer Pause niedergesetzt hatten und der Aufseher vor sich hin döste, starrte Phongs Pritschennachbar ihn plötzlich an, als sähe er ihn zum ersten Mal. Und in dem trüben Tageslicht erkannte Phong, dass der Mann noch gar nicht so alt war, allein von dem, was er durchgemacht hatte, waren sein Bart und seine Haare ergraut. Seine Augen waren sehr klar, nicht vom Alter getrübt. Ganz ruhig sagte er zu Phong: »Du bist noch jung, doch in deinen Augen kann man sehen, dass du ein Mörder bist.« Und er fuhr fort: »Dabei handelst du ganz offen und entschieden, du bist wirklich überzeugt von dem, was du tust. Deine äußere Erscheinung ist adrett und gepflegt, doch deine Seele ist verrottet. Du wirst ganz bestimmt nicht hier sterben. Jemand wird dich hier rausholen, noch bevor deine Haftzeit verstrichen ist, und du wirst in euer gelobtes Land gehen. Doch wenn die Monate und Jahre verstreichen, wird irgendwann dein Gewissen erwachen, vielleicht wird dein Körper mit Krankheit reagieren, dann ist die Zeit gekommen, die Seelen, denen du ihr Recht auf Leben entrissen hast, um Vergebung zu bitten … Das steht dir ins Gesicht geschrieben. Erst wenn die erzürnten Geister dir vergeben haben, kannst du wirklich leben.

Bis dahin wird dein Leben die Hölle sein. Denn ihr seid an Bequemlichkeit gewöhnt, im Gegensatz zu uns hier im Norden, die wir seit 1954 wie Bettelmönche leben. Man sagt: ›Essen wie ein Mönch, hausen wie ein Gefangener und reden wie ein Kader‹ – damit sind Leute wie wir gemeint. Mein Vergehen war, nicht wie ein Kader zu reden, deswegen bin ich hier. Ich zahle den Preis dafür, auch wenn der Preis ungerecht ist. Es ist Schicksal, ich muss mich damit abfinden, niemand kann die Vorsehung außer Kraft setzen … Das Wichtigste ist, du musst dich fügen. Es wird dir guttun, hier so zu arbeiten, auf die Art gewöhnst du dich an die örtlichen Gegebenheiten und das Klima. Das Gute daran ist, dass man seine Knochen bewegen kann.«

»Ja, verehrter Onkel«, erwiderte Phong zaghaft. »Können Sie mir vorhersagen, ob ich meine Mutter noch einmal wiedersehen werde?«

Als Antwort warf der Alte Phong einen Blick zu, seine jungen, flinken Augen schienen die eines Weisen zu sein, die in sein Innerstes eindrangen. Wenn er die Frage auch nicht beantwortete, so verhieß sein Blick doch Gutes. Phong schöpfte daraus Zuversicht: Bestimmt würde er seine Mutter wiedersehen!

Danach sprach der Gefangene nie wieder so mit ihm, sie wechselten nur noch banale Alltagssätze, doch Phong war leichter ums Herz. Er hatte gelernt, Fischpaste voller Maden zu essen ebenso sowie Büffelhaut – Abfälle, die die Häftlinge sammelten und in die Höhle mitnahmen, um sie in einer Ecke heimlich zuzubereiten. Man musste sie sehr gründlich auskochen, um alles Schleimige zu entfernen, dann nochmals in sauberem Wasser abkochen und schließlich in Streifen schneiden und in Salz mit Ingwer tunken. Phong hatte davon probiert und fand es essbar, es war ein Nachtgericht, wenn die Metalltüren fest verschlossen waren und die Wärter zusammenhockten und die Gefangenen mit ihrem Kochtopf gewähren ließen. Wenn die Kälte bis in die Knochen drang, brachte etwas zu beißen ein wenig Linderung und Trost. Die Gefangenen hier wurden mit Zuteilungen nicht verwöhnt, denn in der unmittelbaren Nachkriegszeit mussten selbst die Stadtbewohner Bo Bo[29] essen und sich mit hundert Gramm Fleisch pro Monat begnügen. Wenn sich sogar die Gefängniswärter von mit Maniok versetztem Reis ernähren mussten, war ja wohl nichts dabei, wenn die Häftlinge Büffelhaut und Rattenfleisch aßen …

Nach der Arbeit im Steinbruch liefen die Gefangenen in ihren blauen Jacken schweigend die fünf Kilometer zurück zur Gefängnishöhle, und Phong aß begierig seinen mit Maniok versetzten Reis aus der chinesischen Blechschüssel, der ihn zwar nur halb satt, aber trotzdem glücklich machte. Phong tastete sich im Dunkeln voran, um Hände und Gesicht mit dem eiskalten Wasser zu waschen, das die Haut trocken und hart machte, dann kroch er in seine Koje und lag zitternd da, bis ihm gegen Morgen endlich etwas wärmer wurde, aber dann hieß es schon wieder aufstehen … Doch er war innerlich ruhig, weil er noch lebte, weil er noch hoffen konnte. Vor allem durfte er nicht aufhören zu hoffen! Phong dachte an die Tage, als er in die Lager für gefangene Kommunisten ging, einzelne aussuchte und mitnahm in das Schulungszentrum, wo sie zu Spitzeln ausgebildet werden sollten, um sie dann bei ihren eigenen Leuten wieder einzuschleusen. In jenen Gefangenenlagern loderte der Wille zum Widerstand. Die Häftlinge waren voller Lebensenergie. Damals hatte Phong sich gefragt, woher sie ihre Kraft nahmen, was für eine Religion das war, der sie derart treu ergeben waren, dass ihnen der allgegenwärtige Tod nichts auszumachen schien. Wie tief musste ihre Überzeugung sein, dass selbst die schlimmste Folter ihren Willen nicht brechen konnte. Erst jetzt begann Phong allmählich zu verstehen. Der Alte hatte ihm seine Zukunft vorausgesagt. Also musste er sich zusammenreißen, um zu überleben, um seine Mutter wiederzusehen und mit ihr weit weg zu gehen. Mutter, die einzig verbliebene Zärtlichkeit, die einzig verbliebene Liebe nach all dem Krieg! Allein der Gedanke an sie machte aus einem Mörder einen Menschen, der hoffte, noch ein neues Leben beginnen zu können.

Sieben

Nach mehreren Kriegen an den Landesgrenzen, die die Menschen erneut tief erschütterten, war das Jahr 1980 herangekommen.[30] In der grauen Stadt begann man auf den Balkons Schweine aufzuziehen und Tauschhandel zu betreiben, auch wenn das Embargo[31] alles noch schwieriger machte. Die Jugend des Nordens folgte blindlings dem Trend im Süden, Tag und Nacht flüsterte man über die Flucht aus Vietnam weit weg in die reichen Länder, Zukunftsvisionen von Dollars, Hochhäusern und Autos waren verbreitet. Um in das Land zu gelangen, wo die Freiheit wohnte, brauchte man ja nur den Ozean zu überqueren. Dort musste man nicht arbeiten, konnte die Dollars wie Papier aufsammeln, die Bürgersteige waren mit Gold gepflastert. Selbst in den Achtzigerjahren des zwanzigsten Jahrhunderts gab es immer noch Menschen, die das alles für bare Münze nahmen. Angesichts der unzulänglichen Informationslage hatte auch Herr Co oft große Mühe, sich in diesem neuen Zeitalter zurechtzufinden. Alles, was irgend Wert hatte, versteckte man wie eine Katze ihren Kot … Auf Herrn Cos Grundstück wurde die Gartenmauer zur Straßenseite abgerissen. Jeder Zentimeter Boden wurde genutzt, um Bambusbänke und Tische aufzustellen und Tee zu verkaufen, Reisbrei, gedämpfte Teigtaschen … Man konnte sich sogar die Zukunft vorhersagen lassen und Lotterielose kaufen. Lärm den ganzen Tag von fünf Uhr morgens bis Mitternacht, die Ohren sausten, der

Schädel brummte, es gab Streitereien, kein Tag verging, ohne dass Blut auf die Mauerreste tropfte. Jahrelang hatte die Bevölkerung im Norden für hehre Ideale ihre Bedürfnisse unterdrücken müssen. Jetzt brachen alle Dämme, die Begierden drängten sich nach vorn, krochen herauf wie Würmer. Herrn Cos Frau klagte, dass sie damals dumm gewesen waren bei der Aufteilung des Hauses, als sie das Zimmer im ersten Stock behielten, weil sie dachten, es sei am hygienischsten. Jetzt hatten sie keinen Platz für einen Verkaufsstand, und wenn sie versuchten, sich unten dazwischenzudrängen, wurden sie beschimpft! Herr Co beschwichtigte seine Frau. Sie sollte sich nicht aufregen, sich nicht grämen über die verhinderte Nutzung ihres Hab und Guts, sie sollte nicht hinuntergehen und sich mit denen anlegen, das brachte nur Unglück. Die Abende waren aschgrau, es herrschte Hungersnot, was sich in den sorgenvollen, bekümmerten Gesichtern der Menschen widerspiegelte, das ewige Gezanke um ein paar Quadratmeter Boden zum Leben machte die Menschen aggressiv, jeden Tag gab es Streit und Prügeleien.

Das ganze Haus wunderte sich, als eine Frau auftauchte, die aus dem Süden zu kommen schien, und nach Herrn Co und seiner Familie fragte. »Im ersten Stock auf dem mittleren Treppenabsatz!«, wies ihr die Teigtaschen-Verkäuferin am Eingangstor mit betont distanzierter Miene den Weg, obwohl sie noch einen Augenblick zuvor durchaus Neugierde bekundet hatte. Bei jedem Fremden, der nach Herrn Co und seiner Familie fragte, dachte man hier automatisch, es habe mit dem Haus zu tun. Vielen wurde bewusst, dass man auf anderer Leute Grundstück, in anderer Leute Haus lebte, während sich im Süden immer mehr Menschen darüber ereiferten, dass Nordvietnamesen dort Häuser von Ausgewanderten in Besitz genommen hatten. Diese Gerüchte ließen einen nicht mehr in Ruhe leben.

Die Besucherin war niemand anderes als Viet, die Nebenfrau von Herrn Co, Mutter von Phong, der gerade für seine Blutschuld sühnte, was jedoch weder Herr Co noch Viet wussten. Der Einzige, der Bescheid wusste, war Hieu.

Bestürzt über den völlig veränderten Anblick des Hauses hielt Viet einen Moment vor dem Eingangstor inne und drängte sich dann durch die Menge der Kunden, die laut feilschten, aßen und tranken, schritt durch das Tor, das immer noch die Reliefs von Weintrauben zierten. Sie ging den dunklen Flur entlang zur Eisenholztreppe, wohin sie einst ihren kleinen Sohn geführt hatte, er war fröhlich von Stufe zu Stufe gehüpft, weil es laut durchs ganze große Haus schallte. Jetzt war das Treppenhaus stockdunkel, wegen der Kleidungsstücke und der Bettwäsche, die an von einer Wand zur anderen gespannten Schnüren quer über der Treppe hingen.

Vielleicht aus einer Art Vorahnung heraus, dass es sich um einen wichtigen Besucher handelte, öffnete Herr Co persönlich die Tür. Viet bekam weiche Knie, der Mann, der da vor ihr stand, entsprach ganz und gar nicht dem Bild, das sie im Herzen trug. Ein gutmütiger, behäbiger Herr in mittleren Jahren, rundlich wie viele Männer in diesem Alter. Herr Co hatte nichts mehr von seiner Eleganz und Größe aus jener Zeit, als er zur Bartür hereingekommen war. Er war ein anderer Mensch geworden.

Er zeigte sich nicht überrascht, schaute nur genauer hin und vergewisserte sich: »Bist du es, Viet?«

»Ja, ich bin es!« Ihre Stimme hatte immer noch den alten Tonfall einer sowohl vornehmen als auch intelligenten Hanoierin der Mittelschicht, geübt im gepflegten Umgang mit Gästen. Viet hatte sich in den mehr als zwanzig Jahren kaum verändert, ihr Auftreten war sogar noch eleganter als früher, auch wenn auf beiden Händen die Sehnen hervortraten und von Mühsal und viel harter Arbeit zeugten. Ihr Glasauge hatte einen bläulichen Schimmer, man musste aber ganz genau hinschauen, um es zu erkennen.

Han holte schweigend etwas zu trinken und setzte sich dann neben Herrn Co. Viet nahm den heißen Teebecher, stellte ihn dann wieder ab und durchbrach die Stille, indem sie losheulte, als hätte sie nach zwanzig Jahren keine Worte mehr …

»Trink doch etwas, liebe Schwester!« Die unerwartet freundlichen Worte »liebe Schwester« machten alle drei sprachlos, nicht einmal Han selbst hätte gedacht, dass sie die einst so verhasste Frau je auf so traute Weise ansprechen würde, vielleicht weil so viel Zeit vergangen war, vielleicht weil Viet ihren Sohn über all die Jahre aus Herrn Cos Leben herausgehalten hatte. Vor allem aber waren es die erduldeten Nöte und Leiden, die Han zu der Erkenntnis brachten, dass nichts auf der Welt so wichtig war wie der liebevolle Umgang der Menschen miteinander. Sie hatte erfahren, wie es war, inmitten einer unzivilisierten Horde zu leben, seit man Herrn Co überredet hatte, diese Bande von Dschungelmenschen in sein Haus aufzunehmen. Han hatte versucht, sich ihren Umgangsformen anzupassen, aber sie musste erkennen, dass sie dazu nicht fähig war. In den vielen Jahren war dieses Haus, das Hochzeitsgeschenk ihres Schwiegervaters, zu einer Irrenanstalt geworden. Die Leute wussten nicht mehr, dass das Glück des Menschen darin besteht, atmen zu können, den blauen Himmel und die weißen Wolken sehen zu können, sie wollten nur noch einen Zentimeter Boden mehr ergattern, die anderen übertrumpfen, also stürzten sie sich in den Konkurrenzkampf und kämpften mit Zähnen und Klauen.

Han betrachtete die Frau aus dem Süden, versuchte dabei das Glasauge zu ignorieren, die Folge ihres damaligen Streits im französisch besetzten Hanoi. Viet hatte sich beruhigt, die Tasse Ingwertee ausgetrunken, sie rückte näher heran und ergriff ganz in Gedanken die Hand von Han. Die beiden Frauen empfanden Mitgefühl füreinander. Der Abend eines langen Kampfes war gekommen.

Viet sprach ohne Umschweife: »Phong war Offizier und hatte viel zu tun, er war ständig unterwegs, ich sagte ihm, er sollte sich mäßigen, sein Vater und seine Halbbrüder waren auf der anderen Seite, was, wenn er und sie aufeinandertrafen? Doch er hörte nicht auf mich, er legte sich mächtig ins Zeug, ohne dass er auf eine Beförderung erpicht zu sein schien, was er wirklich wollte, war mir nicht klar. Am Tag, als Saigon fiel, kam eine Freundin von ihm, ebenfalls eine Armeeangehörige, um mich zum Zug zu bringen, doch ich ging nicht mit, ich wollte auf Phong warten. Als das Chaos immer größer wurde, stieg ich in einen Bus nach Vung Tau, doch dann bereute ich wegzugehen, was sollte ich denn dort allein. Wieder zu

Hause, fand ich einen Zettel von Phong an der Tür, ich solle warten, er käme mich abholen ... Ich wartete. Wartete vergeblich ... bis zum heutigen Tag. Überall fragte ich nach ihm, ging zu den Stellen, wo die Offiziere sich zur Umerziehung melden mussten, wo man mir sagte, Phong würde gerade seine Umerziehung durchlaufen und danach zurückkommen. Ich habe viele Bekannte, deren Familienmitglieder in Umerziehungslager gebracht wurden, sie hatten alle die Adresse, um ihre Verwandten besuchen und versorgen zu können, sie hatten regelmäßig Briefkontakt, und viele sind auch schon wieder frei ... Ich dagegen weiß bis heute nicht einmal, wo er ist, kann ihn also nicht besuchen oder unterstützen. Bitte glaubt mir, als ich erfuhr, dass er in seinen letzten Tagen in Saigon viele Menschen umgebracht hat, war ich fassungslos. Er hat gemordet, deshalb lassen sie ihn auch nicht frei. Man sagte mir, ich soll einfach warten, doch ich glaube nicht, dass das Abwarten etwas bringt.«

Wie um Hilfe bittend drückte Viet die Hand von Han. »Liebe Schwester, durch Vermittlung eines Freundes konnte ich eine einflussreiche Person in der Stadt befragen. Ich hörte, Hieu arbeitet bei der Sicherheit, vielleicht ... nur vielleicht ... weiß ja Hieu, wo Phong festgehalten wird. Ich will nichts weiter, als dass Hieu für mich nachfragt, damit ich Phong etwas Essen und Kleidung schicken kann. Jetzt, wo das ganze Land hungert, wird man einem Mörder kaum viel zu essen geben. Liebe Schwester, du bist doch auch eine Mutter. Mir tut das alles sehr weh, Nacht für Nacht bohrt es schmerzlich hier drin in meinem Herzen. Lasst ihn bitte nicht im Stich, er ist ein Verwandter, er gehört doch zur Familie Dam, man darf ihn doch nicht einfach sterben lassen, ohne zu helfen!«

Han umarmte die Frau, auf die sie schon lange nicht mehr eifersüchtig war. Sie waren ja beide unglücklich, wozu sich da noch gegenseitig das Leben schwer machen?

Während Herr Co Viet erzählen hörte, begann er langsam zu begreifen. In der Tat, vielleicht hatte Viet recht, vielleicht wusste Hieu, wo Phong sich befand, der wohl zu den wenigen in den Norden überstellten Offizieren der Republik Vietnam gehörte. Es hieß, dass nur spezielle Gefangene dorthin gebracht wurden. Er sagte: »Ja, vielleicht sollte ich tatsächlich Hieu fragen. Ich werde mit ihm sprechen. Mach dir keine Sorgen, Viet, du bleibst doch sicher noch eine Weile hier in Hanoi.«

»Ich zähle auf euch beide, habt tausend Dank!«, sagte Viet und sprang plötzlich vom Stuhl auf, kniete auf dem Holzboden nieder, den Kopf tief gesenkt.

Han beeilte sich, sie aufzurichten, seit Jahrzehnten hatte sie nicht mehr erlebt, dass hier im Norden jemand sich hinkniete, um etwas zu erbitten. »Steh auf, meine Liebe, wir konnten doch noch gar nichts für dich tun.«

»Aber es ist so lange her, dass mir jemand zugehört und mir ein wenig Hoffnung gegeben hat.« Erneut bezeichnete sich Viet Han gegenüber als »jüngere Schwester«, Tränen liefen ihr übers Gesicht, das Glasauge verhinderte nicht den natürlichen Tränenfluss. Die beiden Frauen umarmten sich erneut.

»Ich muss zurück in den Süden, es ist sehr schwer zurzeit, so weit durchs Land zu reisen, ich konnte mit einem Kleintransporter herfahren, der morgen Nacht Waren zurück nach Saigon bringt. Ich habe in Saigon ein Geschäft, um das ich mich kümmern muss. Wenn ich länger fort bin, kann es Ärger mit dem Ordnungsamt wegen Steuern und Sicherheit geben, womöglich würde mein Geschäft enteignet. Solche Unrechtmäßigkeiten passieren häufig, die machen das ganz ungeniert, man weiß gar nicht, wo man sein Recht einklagen kann, denn wir sind ja jetzt Bürger zweiter Klasse!«

Als die beiden Frauen allein in der Küche waren, öffnete Viet ihre Tragetasche und gab Han ein kleines Päckchen. »Liebe Schwester, hier sind drei Goldbarren, die sind heutzutage viel wert, verkauft sie besser noch nicht, behaltet sie als Rücklage, hebt sie auf für Notfälle. Ich werde deinem Mann noch etwas Bargeld geben, um den Leuten Tee und Tabak zu besorgen[32]. Du kannst es ruhig annehmen, das sind die neuen Umgangsformen, Schwester. Wenn du dich immer nur um den Haushalt kümmerst, weißt du nicht, wie die Leute jetzt sind, und kannst dich nicht entsprechend verhalten. Mach dir keine Sorgen um mich, meine Geschäfte laufen recht gut, ich habe immer noch meine Ersparnisse, und ich muss weiter sparen, um meinen Sohn wiederzusehen, um ihm, wenn er rauskommt, zu helfen, irgendwohin zu gehen, wo er leben kann, denn mit seinen blutigen Händen wird er hier kaum Frieden finden. Der Süden und der Norden hassen einander schon so lange, die können sich nicht so schnell versöhnen! Versteck die Goldbarren möglichst sorgfältig, wo du selbst sie nur schwer finden könntest!«

Viet erwies sich als tüchtige Frau, die vieles zu regeln vermochte und obendrein großzügig war. Angesichts ihrer Lage lehnte Han das kostbare Geschenk nicht ab, nach all den Jahren der Demokratischen Republik besaßen sie ja nichts mehr. Und wovon sollten sie überleben, falls sie krank wurden oder einen Unfall hatten. Es hieß, dass es zu dieser Zeit, Anfang der Achtziger, in den Krankenhäusern drunter und drüber ging, immer musste man jemanden schmieren, und Menschen ohne Geld zeigte man die kalte Schulter. Die Ärzte waren nicht mehr die gleichen wie in den Jahren zuvor …

»Gut«, sagte Han, »geh du nur zurück in den Süden, meine Liebe, wenn es Neuigkeiten gibt, werde ich dich umgehend benachrichtigen. Sei unbesorgt, auch wenn unsere Kinder Fehler begangen haben, gibt es ja noch die Tugenden der Vorfahren. Unsere Ahnen werden sie dazu bringen, wieder Menschen zu werden.« Hans Worte waren aufrichtig, ohne Verstellung, dies machte Viet zuversichtlich.

Sie verabschiedeten sich herzlich voneinander.

Acht

Hieu war von einer Dienstreise nach Kambodscha zurück. Obwohl er seit der Folter im Armeegefängnis unter Anfällen von rasenden Kopfschmerzen litt und seine Gesundheit angegriffen war, hatte er noch keine Pause machen können, weil er viel zu erledigen hatte. Im Gegensatz zu seinem Vater, der so weichherzig war, dass er sich nur nach der Meinung anderer richtete, war Hieu zutiefst überzeugt von seiner Aufgabe und ging gegen Kerle wie Phong schonungslos vor. Er wusste, dass Phong befehlsgemäß an dem Ort war, wo in der Zeit vor und nach dem Krieg Gegner inhaftiert waren, also ideologische Aufrührer, Ba làng-Dissidenten, Verantwortliche für Zwangsumsiedlungen, Funktionäre der Nationalistischen Partei Vietnams, Führer der Liga zur Bekämpfung des Kommunismus, Funktionäre und Aktivisten der Reform- und Revolutionspartei Vietnams, der Vereinigten antikommunistischen Gemeinden[33] … Nach dem Krieg ließ man einen Großteil der Gefangenen frei, andere wurden in Gefängnisse im Flachland verlegt, bei der Gelegenheit wurden alle unbelehrbaren Gegner aus dem Norden und Südvietnamesen, die Blutschuld auf sich geladen hatten, gesammelt untergebracht, wobei es darum ging, dass sie sich fern des städtischen Lebens einem Arbeits- und Umerziehungsprogramm unterzogen und sich nicht mit gegnerischen Organisationen in Verbindung setzen konnten. Hieu veranlasste, Phong von den Mithäftlingen aus dem Süden zu trennen und weiter hinauf ins Bergland zu bringen, an einen Ort mit sicheren Zellen in Höhlen, von dem aus kein Fluchtweg nach draußen führte, selbst wenn es gelang, aus dem Lager zu fliehen. Außerdem gab es dort nicht genug zu essen, so dass die Gefangenen wehmütig von den alten Zeiten träumten, in denen es alles gegeben hatte, was das Herz begehrte. Man war isoliert, einsam, seiner Freiheit beraubt, war nur noch die Nummer auf dem Rücken seiner Jacke. Viele hielten das Gefühl, vom Leben vergessen zu sein, nicht aus und stürzten sich von den Felsen. Hieu wollte, dass Phong dieses völlige Vergessensein erfuhr, das schlimmer sein kann als der Tod.

Herr Co erzählte Hieu, dass Viet auf der Suche nach ihrem Sohn in den Norden gekommen war, berichtete detailliert von dem Abend im dunklen Zimmer, als die drei nicht mehr jungen Menschen miteinander konfrontiert waren, gemeinsam Tränen vergossen und den alten Hass vergaßen. Hieu goss seinem Vater schweigend etwas zu trinken ein, sein Glasauge hatte einen bläulichen Schimmer, so wie das von Viet. Hieu hatte seiner Familie nie erzählt, unter welchen Umständen er sein Auge verloren hatte, er sprach stets nur davon, dass er verwundet worden war. Fernab von Hieus Dienststelle, in einem äußerlich ganz gewöhnlichen Haus, saßen Vater und Sohn in einem Empfangszimmer zusammen. Überladene Aktenschränke verdeckten die Wände, der Großteil der Unterlagen dokumentierte noch ungesühnte Straftaten. Hieu nannte es den *Schrank der Schuldenbücher*.

Herr Co wusste, dass sein Sohn unerbittlich war, trotzdem sprach er in ruhigem Ton. »Mein Sohn, Frau Viet hat überall herumgefragt und nichts in Erfahrung gebracht, außer dass du einige Lager kennst, in denen besonders belastete Gefangene inhaftiert sind.« Was die Lager im Süden betraf, so erhielt man dort ja Auskunft über Namen und Alter der Häftlinge, daher wusste Viet, dass Phong nicht dort war ... Herr Co sprach über Blutsverwandtschaft und Familiensinn.

Hieu fühlte einen Kopfwehanfall herannahen. Er ballte seine Hände zu Fäusten und wurde laut: »Natürlich ist der nicht in so einem Umerziehungslager, er erfüllt nämlich nicht die Kriterien dafür. – Vater, verzeih mir, im Krieg gibt es nun mal zwei feindliche Lager. Das ist normal. Die zu den Waffen gegriffen haben, hatten viele Gründe, aber was Phong getan hat, ist unverzeihlich. Setz dich nicht weiter für ihn ein, Vater, er soll büßen. Man wird ihn nicht töten, er wird es überleben, aber er muss da durch, er muss die Erfahrung machen, dass man ihn nicht so leicht davonkommen lässt.«

Herrn Co stiegen Tränen in die Augen. »Genug, mein Sohn, musst du denn so rigoros sein! Hab ein bisschen Mitgefühl für deinen Bruder.«

»Und wer hat Mitgefühl für dich, Vater, wer hat Mitgefühl für mich, gilt das Blut, das meine Kameraden und ich vergossen haben, nichts? Damals, 1952, hat seine Mutter Viet dir eine Falle gestellt, als sie die Flugblätter in dein Haus bringen ließ. Das wusstest du nicht, oder? Dann haben die Franzosen dich im Hang Trong-Revier eingesperrt, sie haben dich mit Knüppeln und Seifenwasser gequält, hast du das etwa vergessen? Viet ist im Streit mit Mutter gestürzt, sie wurde verletzt und verlor ein Auge, aber doch nicht, weil Mutter das absichtlich gemacht hat! Ich habe es in der Familie bisher nicht erzählt, ich wollte euch den furchtbaren Schock ersparen, aber jetzt ist es an der Zeit, jetzt muss ich dir alles sagen. Dieser Phong, den du meinen kleinen Bruder nennst, und ein Amerikaner haben mein Auge ausstechen lassen! Du dachtest, ich hätte mir eine normale Kriegsverletzung zugezogen wie viele meiner Kameraden, oder? Er befahl zwei Schlächtern, meinen Kopf festzuhalten und mit der Messerspitze mein Auge herauszuschnipsen wie eine Murmel. So! Jetzt weißt du Bescheid! Meine Kameraden wurden von amerikanischen Bomben und Granaten getroffen, manche wurden sogar durch Folter verwundet, aber sicher wurde keiner von ihnen wie ich von seinem eigenen Bruder verstümmelt. Nham, einer meiner Soldaten, warf sich in blinder Wut auf Phong, als er sah, was mir angetan wurde, und da schoss Phong ihm eine Kugel in den Kopf. Das hat dein Sohn getan! Ich und Nham waren schutzlos und unbewaffnet. Als Nham tot war, beugte sich mein Bruder zu mir herunter und erklärte, jetzt seien wir quitt! Vater, du warst nie in solch einer furchtbaren Lage, du kannst dir nicht vorstellen, wie über die Jahre ein Gefühl schrecklichen Ekels in mir gewachsen ist. Ich wollte euch Kummer ersparen, aber ich habe erkannt, dass du großes Mitleid mit Phong hast, und ich war sicher, wenn ich dir jetzt nicht alles erzähle, würdest du dich auf die Suche nach ihm machen. Vater, überlass diese Sache bitte mir …«

Hieus Worte prasselten auf Herrn Co ein, als ob ein Gott ihn ohrfeigen würde. An diesem Tag musste Hieu seinen Vater mit dem Dienstwagen nach Hause bringen, und Han musste ihm ein Herzmedikament geben.

Han, die nicht wusste, was vorgefallen war, sagte zu

Hieu: »Mein Sohn, dein Vater und ich werden alt, denk mal darüber nach, deinen Abschied von der Armee zu nehmen, du bist über dreißig. Trucs Eltern sind schon ungeduldig, du darfst nicht länger zögern, für ihre Tochter ist es an der Zeit zu heiraten.«

»Mutter, du sorgst dich immer um die gleichen Dinge«, neckte Hieu. »Für Ende des Jahres werde ich die Hochzeit organisieren, damit du und Vater mich nicht mehr daran erinnern müsst!«

»Na, wenn du das sagst, musst du dein Versprechen auch halten, damit ich Süßigkeiten besorgen kann und Tee und Zigaretten ...« Han wandte sich ihrem Mann zu. »Jetzt, wo der Krieg vorbei ist, kann man das nicht länger schleifen lassen. Alle jüngeren Kinder sind schon verheiratet, aber unser ältester Sohn steckt gerade erst in den Vorbereitungen.«

Herr Co, der ermattet im Bett lag, sagte: »Unser ältester Sohn hat zu viel zu tun, da bleibt keine Zeit für anderes.«

Han verstand nicht, warum ihr Mann tagelang schweigsam war, bis er schließlich zu ihr sagte: »Nachdem diese Angelegenheit unseres ältesten Sohnes jetzt geklärt ist, denke ich, muss unsere Familie Vaters Gebeine suchen gehen. In all der Zeit, seit dem Jahr des Holz-Hahns 1945 bis heute, hat im Norden niemand den Ahnen geopfert, keine Familie hat Räucherstäbchen angezündet, die Pagoden waren verwaist, es bereitet mir Sorgen, wenn ich daran denke, dass die Seele meines Vaters noch immer heimatlos umherirrt ... Es hieß, dass mein Vater elendig umkam, aber wir wissen nicht, warum und unter welchen Umständen. Vielleicht kommen unsere Kinder deshalb nicht zur Ruhe ...«

Herr Co führte das nicht weiter aus, aber Han verstand trotzdem, worum es ihm ging: Man wandte sich neuerdings wieder den Pagoden, der Ahnenverehrung zu, jetzt konnte man den Vater nicht länger im Stich lassen.

* * *

Zu Beginn des folgenden Jahres bekam Hieu seinen ersten Sohn. Da Hieu als ältester Sohn weiterhin bei seinen Eltern lebte, musste jetzt für seine Frau und sein Kind noch ein zusätzliches Bett im gemeinsamen Zimmer aufgestellt werden. Wenn Familienmitglieder unterwegs waren, machte das keinen Unterschied, aber wenn alle zu Hause waren, stiegen die alten Eltern und die junge Familie auf ihr jeweiliges Bett und benutzten es wie ein eigenes, abgetrenntes Zimmer, sie wohnten und schliefen darauf. So machten es viele Familien in Hanoi. Hieu hatte ein von seiner Behörde gestelltes Zimmer. Manchmal kam er nach Hause und begann sich frustriert zu fragen, warum seine Familie sich so einschränken musste, während die Familien unter ihnen im Erdgeschoss die Wände einrissen, große Flächen schufen und sich ausbreiten und sogar anbauen konnten. Hieus Familie hauste weiterhin beengt in dem Zimmer im ersten Stock. Obendrein schickte die Familie nebenan ständig die Frau zu ihnen, um sich zu erkundigen, ob sie umzuziehen planten und ihnen dieses Zimmer überlassen würden.

Einmal war Hieu zu Hause, als sie wieder herüberkam, um sie zu bedrängen. Hieu fragte zurück, warum er mit seiner Familie ausziehen sollte und ob sie etwa die Absicht hatte, das Haus zu kaufen.

»Na, ich sehe doch, wie Ihre Familie allmählich größer wird, so zu wohnen ist doch ein bisschen eng!«

»Nicht nur ein bisschen, Frau Nachbarin«, sagte Hieu trocken, »es ist richtig eng, genau wie bei Ihnen. Aber meine Familie wird nicht wegziehen, wir müssen hierbleiben, damit weiterhin Nachfahren meines Großvaters in seinem Haus leben. Finden Sie sich damit ab: Dies ist das Haus meines Großvaters. Das ganze Grundstück hier gehört uns. Ich wiederhole, wir verkaufen das Haus meines Großvaters nicht!«

Die Frau sagte nichts mehr und zog sich zurück.

Wenn Hieu am Zimmer des Malers vorbeikam, sah er ihn im Bett liegen: Er war gelähmt, er bemerkte Hieu zwar, konnte sich aber nicht bewegen. Wahrscheinlich war er trotzdem immer noch streitlustig …

Eines Tages fuhren Hieu und sein jüngster Bruder Thu auf der Straße Nummer 1 in einen südlichen Vorort und suchten Herrn Man auf, einen Mitarbeiter des Provinzmuseums, den Hieu vor einigen Jahren kennengelernt hatte. Die beiden Brüder sollten im Auftrag ihrer Familie die sterblichen Überreste ihres Großvaters, des Herrn Provinzgouverneurs, suchen, der im Jahr des Holz-Hahns ums Leben gekommen war, als die Augustrevolution aufflammte und die kolonialistische Provinzregierung gestürzt wurde. All die Jahre hatte keiner aus der Familie gewagt, den näheren Umständen auf den Grund zu gehen. Denn die Tatsache, dass sie Nachfahren eines hochrangigen Provinzbeamten waren, hätte zu Unannehmlichkeiten führen können – je weniger Leute davon wussten, desto besser. Doch nun waren die Achtzigerjahre angebrochen, es dämmerte das Zeitalter, in dem die Leute über das Wort »Demokratie« diskutierten, das bislang als tabu galt und von allen vermieden wurde. Niemand hatte eine Vorstellung von Demokratie, auch wenn der Begriff in allen offiziellen Dokumenten an erster Stelle stand. Er gehörte zu einem Sammelsurium prächtiger Wörter über grundlegende Freiheits- und Menschenrechte, er war wie ein gemalter Kuchen, den man zwar jeden Tag sehen, aber niemals kosten konnte …

Die drei saßen an der Straße auf der Treppe eines Hauses, das während des Krieges von amerikanischen Bomben zerstört und noch nicht wieder aufgebaut worden war. Herr Man hörte Hieus jüngstem Bruder Thu zu, wie er unverblümt über Demokratie und individuelles Glück sprach – und wie engagiert er dabei war, typisch für die jungen Leute, unter denen sich das Bewusstsein auszubreiten begann, dass sie möglicherweise doch etwas galten in diesem Leben … Da musste Herr Man lachen. Er sagte: »Pass auf, was du von dir gibst, Kleiner, letzthin hat so ein Narr in der Teestube drüben ein paar verrückte Verse vorgetragen, da wurde er aufgefordert mitzukommen und ist bis heute nicht wieder aufgetaucht! Pass bloß auf, dass du nicht in Schwierigkeiten gerätst!«

Dann erklärte Herr Man: »Ich habe schon nachgefragt und die im Historischen Archiv der Provinz aufbewahrten Dokumente durchgeschaut. Der alte Herr Provinzgouverneur hatte tatsächlich aktiven Kontakt zum Viet Minh, doch sein Verbindungsmann wurde während eines Einsatzes in der Küstenregion erschossen. Als in den Revolutionstagen dann alles durcheinanderging, erkannte niemand den Alten als Viet Minh-Sympathisanten. Solche Schwierigkeiten brachte die Arbeit im Untergrund einfach mit sich, und damals wurde von oben Druck gemacht. Alle Beamten der Provinzbehörde mussten in den Tien Duy-Distrikt an die Küste gebracht werden, da es dort ein Militärpolizeilager und ein sicheres Gefängnis gab. Aber es ist unbegreiflich, warum diese Gruppe von über zehn Menschen ums Leben kam. Die Lage war ziemlich unübersichtlich, es gab so viel zu tun, wer eine Aufgabe zugeteilt bekam, war auf sich allein gestellt.«

»Mehr als zehn Menschen waren es insgesamt?«, fragte Hieu nachdenklich und zerbröselte eine Handvoll trockenen Mörtel in seiner Hand.

»Es hieß, es waren sechzehn Leute, darunter drei Frauen«, sagte Herr Man und traute sich nicht, Hieu ins Gesicht zu schauen, das kreidebleich war. Er bearbeitete immer noch den Klumpen in seiner Hand, der sehnigen Hand eines Kampfsoldaten. Er brodelte offenbar vor Zorn und würde gleich explodieren, so dass Herr Man aufstand und ihm auf die Schulter klopfte. »Beruhige dich, Hieu, die Sache ist doch lange vorbei!«

»Nein. Nichts ist vorbei. Wir müssen den ehrwürdigen Alten unbedingt finden und ihn zur Familiengrabstätte bringen, wir können unseren Großvater nicht länger da liegen lassen. Sag mir, wie ich zu diesem Ort komme.«

»Also gut, den Aufzeichnungen zufolge führten an jenem Tag vier Dorfmilizionäre sechzehn Menschen aus der Behörde ab. Sie luden alle auf einen französischen Lastwagen, und als sie in Tien Duy ankamen, war es bereits stockfinster … Damals nannte man diejenigen, die diese Arbeit verrichteten, treu und tapfer. Drei von ihnen sind schon tot, jung gestorben, heißt es, sie waren ledig und hatten keine Kinder. Einer lebt noch, hat eine Frau und zwei Söhne, aber beide sind psychisch krank. Niemand weiß, woher das kommt … Sein Name ist Quyet. Über diese Adresse hier könnt ihr ihn leicht finden. So bringt ihr vielleicht in Erfahrung, wo der Alte begraben ist.«

Hieu fuhr mit dem von seiner Behörde geliehenen Auto auf einem unbefestigten Weg zu dem Dorf, das zu der Zeit, Anfang der Achtziger, immer noch aus Lehmhütten bestand und wo die Menschen vor Hunger und Durst ganz apathisch waren. Ein paar aus dem Süden stammende Mopeds fuhren knatternd den Weg entlang, die Kinder schauten ihnen neugierig hinterher, die Frauen trugen geblümte Hosen, eine Neuerung gegenüber den Zeiten, in denen Frauenkleidung von der Taille abwärts stets schwarz war. Die beiden Brüder fragten nach dem Haus von Herrn Quyet. Die Frau hinter dem Bambustisch, auf dem sie einige Früchte und Wasserflaschen anbot, sagte schnippisch: »Sieh mal an, der alte Quyet bekommt Besuch von Herren mit einem Auto. Was das wohl zu bedeuten hat? Da, das Haus hinter dem Zedrachbaum. Zum Glück hat man seine beiden Söhne in die Irrenanstalt gebracht, sonst würden sie immer noch splitternackt durchs Dorf rennen. Der alte Quyet ist schon lange krank, liegt den ganzen Tag im Bett. Wollt ihr nicht noch schnell was trinken?«

»Danke, dass Sie uns den Weg gezeigt haben. Wir haben etwas mit Herrn Quyet zu besprechen!«

Sein geheimnisvoller Ton ließ die geschwätzige Frau verstummen. Sie schalteten den Motor ab. Die Kinder kamen herbei und scharten sich lautstark um das Auto. Frauen versammelten sich bei der Getränkeverkäuferin. Sie tuschelten und zeigten mit dem Finger auf den Wagen.

»Umso besser«, sagte Thu zu Hieu, »die Leute sollen ruhig wissen, warum wir hier sind!«

»Unsinn!« Hieu verzog das Gesicht. »So was will doch keiner wissen.«

Das Haus war in sehr schlechtem Zustand, unbegreiflich, wie die Leute die Kälte im Winter aushalten konnten, statt Mauern gab es nur dünnes Bambusflechtwerk. Dicht an einer Wand stand ein Bett, darauf lag ein Mann, den Rücken ihnen zugewandt. Hieu machte sich von draußen bemerkbar, indem er laut rief: »Ich möchte fragen, ob dies das Haus des Herrn Quyet ist!«

Der Mann im braunen Bauernhemd und weiten Shorts, aus denen seine mageren Beine herausragten, drehte sich zu ihnen um. Erschrocken hob er die Hand, um seine Augen vor dem Sonnenlicht zu schützen und deutlicher sehen zu können. Und dann, ebenso überrascht wie entsetzt, aus Gefühlen heraus, die ihn offenbar seit langer Zeit bedrückten, kniete er nieder und kroch auf Hieu und seinen Bruder zu. Er faltete die Hände, verneigte sich, beugte den Kopf bis zum Boden, immer wieder, auf und ab, als hätte er einen Tick, als sei er von einem Geist besessen, seine Stirn färbte sich lila. Hieu packte ihn an den Schultern und schüttelte ihn lange, doch er wiederholte immer wieder: »Ich flehe Sie an, Herr Provinzgouverneur, damals war ich jung, töricht und unwissend, ich habe nur getan, was mir befohlen wurde, erhören Sie mich, ich bitte darum, dass Ihre Seele erlöst wird, dass Sie nicht ewig zu mir kommen und mich quälen …«

Thu drängte den Alten zurück. Er brachte ihn dazu, sich auf das Bett zu setzen, und seine kraftvolle jugendliche Stimme besänftigte die Angst des Mannes ein wenig.

»Wir sind die Enkel des Herrn Provinzgouverneurs, nicht der Herr Provinzgouverneur selbst, das sieht man doch!«

Thu bedeutete Hieu, sich an seine Seite zu setzen. Der alte Quyet rieb sich seine von langer Krankheit geröteten Augen, besah sich die beiden jungen Männer genauer und sagte dann weinerlich: »Ich finde, ihr beide seht genauso aus wie der Herr Provinzgouverneur. Sehr ähnlich. Vor allem dieser ältere junge Mann hier, als der Herr damals nach Duy gebracht wurde, war er etwa in deinem Alter. Ihr gleicht euch aufs Haar, und als ich euch sah, dachte ich gleich, der Herr sei zurückgekommen. In den letzten Tagen habe ich ihn ständig gesehen, wahrscheinlich wollte er mir sagen, dass ihr kommt und ich euch empfangen muss …«

»Gibt es in diesem Haus Räucherstäbchen? Ich würde gern Räucherstäbchen anzünden!«

»Leider nein! Wir haben hier ja so lange keine Räucherstäbchen mehr gehabt, meine Herren, im ganzen Dorf nicht. Aber in den letzten zwei Jahren habe ich bemerkt, dass die Leute in den Pagoden wieder Räucherstäbchen anzünden. Inzwischen sieht es in den Pagoden schon wieder besser aus, man hat Hacken und Spaten weggebracht. Vorher haben die Kooperativen sie als Lagerstätten verwendet. Jetzt hat man sie geräumt.«

Der alte Quyet sprach ohne zu stocken, seine Haltung und Sprechweise ließen vermuten, dass er einmal Beamter gewesen war. »Ja, ich war einige Jahre Ortspolizist, von 1955 bis 1965, dann habe ich aufgehört.«

»Sind Sie vielleicht wegen ›besonderer Verdienste‹ Ortspolizist geworden?«

Der alte Quyet schwieg. Die neugierigen Frauen und

Kinder, die sich draußen auf dem Hof versammelt hatten, zerstreuten sich wieder, weil es nichts Interessantes zu sehen gab. Die beiden Brüder äußerten den Wunsch ihrer Familie, die Gebeine des Großvaters zu finden, und baten Herrn Quyet um Unterstützung.

Am Nachmittag fuhren sie mit dem alten Mann auf der Kreisstraße in den nur sieben Kilometer entfernten Distrikt Duy. Herr Quyet schwieg den ganzen Weg über, während Thu versuchte, Hieu beim Fahren wach zu halten, indem er irgendwas erzählte, Geschichten aus seiner Behörde oder Frauengeschichten, die Hieu zum Lachen brachten, Herr Quyet lachte mit, konnte aber seine Unsicherheit nicht verbergen …

Ein Sportplatz, grasbewachsen und mit stacheligem Gestrüpp drumherum. Einige Kühe grasten darauf. Auf der gegenüberliegenden Seite des Platzes stand nur noch ein großer Kapokbaum, ein Baum, bei dem die Leute sich selten trauten, Äste abzuschlagen oder ihn gar zu fällen. »Der heilige Banyanbaum und der teuflische Kapokbaum!« Der Kapokbaum galt als Zuflucht für umherirrende Seelen. Etwas weiter entfernt stand ein zweistöckiges Haus, es wirkte trostlos und verlassen, doch Herr Quyet erklärte, es sei eine Schule für Mitarbeiter des Gesundheitswesens, jetzt, während der Ferien, war es leer, an normalen Tagen aber ging es durchaus lebhaft zu. Ein Stückchen weiter komme man zur Kreisstraße …

Der alte Quyet ging über den Sportplatz voran. Nachdem sie zwei Drittel überquert hatten, blieb er stehen, schätzte die Entfernung zum Kapokbaum ab und zeigte mit dem Fuß auf den Boden. »Hier ist es, hier liegen die alten Herrschaften. Ich irre mich nicht, denn ich komme immer noch regelmäßig her. Damals bin ich stehen geblieben und habe die Schritte bis zum Kapokbaum gezählt, um mir die Stelle einzuprägen. Das hier gehörte zum Gelände des Militärpolizeilagers, es nahm fast den ganzen Sportplatz ein, jedenfalls so lange, bis die Franzosen es wieder besetzten und das Lager abreißen ließen ...«

Hieu und sein Bruder hörten schweigend zu, stellten keine Fragen. Dadurch fühlte der alte Quyet sich verpflichtet weiterzuerzählen, er dachte, er müsse diesen jungen Leuten alles sagen, um sein Herz zu erleichtern.

»Es war etwa fünf, sechs Tage, nachdem die Regierung gestürzt wurde, der Herr Provinzgouverneur war nicht geflohen, vielmehr rief er seine Leute aus der Behörde zusammen und wartete darauf, vor Gericht gestellt zu werden. Diese Provinz war klein, der Herr Provinzgouverneur war die höchste Autorität, die Einwohner nannten ihn aus alter Gewohnheit Herr Mandarin, anders als in den großen Provinzen, an deren Spitze Generalgouverneure standen. Ich erinnere mich an einen Mann in Shorts und mit weißem Tropenhelm, der eine Pistole trug, und zwei Männer im Anzug, sie kamen mit dem Fahrrad zum Amtssitz der Provinzregierung, wo wir damals Wache hielten, sie riefen uns herbei und sagten, wir sollten hinaus auf die Straße gehen und den Fahrer holen, es gebe Arbeit. Im Hof der Behörde stand ein offener Lastwagen, der Chauffeur der Provinzregierung war da, doch der sollte nicht fahren. Ich hörte einen der Männer im Anzug zu dem Mann mit Tropenhelm sagen: ›Sie sind vollzählig. Der Provinzgouverneur, der Justizminister, der Bildungsmandarin, der Befehlshaber der Tirailleurs, der Steuereintreiber. Dann sind da noch drei Frauen, entferntere Verwandte, nicht Ehefrauen oder Töchter der Honoratioren …‹ Genau so habe ich es gehört und gesehen. Dabei betrachtete ich die Menschen, die um den Herrn Provinzgouverneur herumstanden, sie waren alle noch jung, zwei der Männer trugen Mandarinatsgewänder mit den dazugehörigen Turbanen, der Rest war westlich gekleidet, und die Frauen trugen *ao dai*, alle sahen ordentlich aus. Dann trat der Herr Provinzgouverneur vor, er sah genauso aus wie der ältere Bruder hier, die Haare auch zur Seite gekämmt, er hatte ziemlich lange Ohrläppchen, ein Zeichen für ein langes Leben, und er war hochgewachsen wie ein Franzose. Er überreichte dem Mann mit dem Tropenhelm eine Schatulle und sagte laut: ›Hierin befinden sich viertausend indochinesische Piaster und das Siegel der Provinzregierung, ich bitte die Revolution, dies entgegenzunehmen …‹

Der Mann mit dem Tropenhelm öffnete die Schatulle, rief die beiden anderen Männer zu sich und besprach sich mit ihnen in einer Ecke des Hofes. Danach erhielten wir den Befehl, die Vertreter der Behörde in den Distrikt Duy zu bringen. Damals waren die Wege beschwerlich, es gab keine große Straße wie jetzt, der Wagen fuhr mit großer Mühe über die Piste, manchmal streikte der Motor, der Fahrer und der Chauffeur der alten Provinzregierung brauchten ewig, um ihn zu reparieren, so dass es stockdunkel war, als wir hier ankamen. Obendrein regnete es. Und dann blitzte und donnerte es plötzlich, es war ja August, die Gewitterperiode war noch nicht vorbei, aber normalerweise waren die Gewitter im August nicht mehr so heftig. In unserer Gruppe der Treuen und Tapferen gab es einen Mann namens

Tam, den man zum Anführer bestimmt hatte. Der sagte, alle sollten vom Lastwagen heruntersteigen. Der Herr Provinzgouverneur wirkte gefasst und sagte zu den anderen Gefangenen, sie sollten den Befehl ruhig befolgen. ›Die Revolutionäre werden sich um uns kümmern, es gibt nichts zu fürchten.‹ Der Herr Provinzgouverneur stieg als Erster herunter, streckte dann seine Hand aus, um den Frauen zu helfen. Die fingen an zu weinen. Der Gewitterregen hatte nachgelassen, doch es war dunkel. Das Licht der Sturmlaterne in Tams Hand war nur schwach. Tam wies den Fahrer an, den Lastwagen zum Amtssitz der Provinzregierung zurückzubringen, damit die Revolutionäre ihn noch anderweitig einsetzen könnten, dann warf er uns ein paar Seile zu, die er aus dem Militärpolizeilager geholt hatte. ›Fesselt sie.‹

Der Herr Provinzgouverneur fragte laut: ›Warum sollen wir gefesselt werden? Wir haben doch nichts getan, Herr Revolutionär.‹

›Das wissen wir nicht, so lautet unser Befehl‹, antwortete Tam.

Alle ließen sich widerstandslos fesseln … Hier. An dieser Stelle war damals eine sehr große Grube, es hieß, die Soldaten des Lagers hätten sie ausgehoben, um einen Teich für die Pferde anzulegen. Wir hatten also die Leute der Provinzverwaltung hierher gebracht, zu dieser Grube. Tam rief mit lauter, entschlossener Stimme, dass alle, die für die Franzosen gearbeitet hatten, erschossen würden. Sie seien Elemente, die ihre höhere Position ausgenutzt hätten, um die Bevölkerung zu unterdrücken, die Revolution verurteile sie zum Tode! Die laut weinenden Frauen wurden von uns als Erste in die Grube gestoßen. Ich konnte in dem Moment kaum noch etwas sehen vor Kopfschmerz, mir war, als ob mich jemand von hinten drängelte, und so stieß ich mehrere Menschen in die Grube, als Letzten den Herrn Provinzgouverneur … Wirklich als Letzten?« Der alte Quyet klatschte sich mit der Hand gegen die Stirn. »Ich weiß nicht mehr. Ist zu lange her …«

Hieu forderte ihn ruhig auf, weiterzuerzählen, aber er solle sich zu erinnern versuchen, in welcher Ecke ihr Großvater lag.

»Ich kann mich nicht erinnern. Als Letzter oder fast als Letzter. Am Ende versuchte einer noch wegzulaufen, Tam rannte hinterher, packte ihn und warf ihn hinunter. Der Herr Provinzgouverneur rief: ›Was soll das, was haben wir denn getan?‹

›Ihr habt die Bevölkerung ausgebeutet und schikaniert‹, antwortete Tam und stieß den Herrn Provinzgouverneur in die Grube. Die war zu dem Zeitpunkt mit Wasser gefüllt, ihre Wände waren sehr hoch, außerdem waren die Leute gefesselt, ein Entkommen war nicht möglich. Als trotzdem einige hochzuklettern versuchten, befahl uns Tam, die Bajonette einzusetzen! Wir hatten unsere Gewehre von den französischen Besatzungssoldaten übernommen, sie hatten alle ein Bajonett. Wir steckten die Bajonette auf und folgten Tams Beispiel, stachen blindlings in die Grube. Ich hörte das Platschen des aufgewühlten Wassers, hörte, wie die Menschen um sich schlugen und traten, hörte ihr Weinen – das war am bedrückendsten. Dann schrie jemand: ›Ihr grausame Bande, Mörderbande, die Revolution macht so etwas nicht, nur ihr Banditen, ihr unterschlagt das Geld der Staatskasse, ihr tötet Menschen, nur um an das Geld zu kommen.‹ Erst später habe ich diese Worte aus der Grube verstanden. Unterschlagen! Der Herr Provinzgouverneur hatte dem Mann mit dem Tropenhelm viertausend indochinesische Piaster übergeben. Eine beachtliche Summe zu jener Zeit, das Budget einer ganzen Provinz. Das war schon was. Die Unglücklichen waren auf böse Menschen getroffen. Später als Polizist habe ich unter den Leuten herumgefragt, die zurückkamen, um die Provinzverwaltung zu übernehmen[34]. Damals hieß es, einer der drei Männer sei in den Süden gegangen, übergelaufen, zum Verräter geworden, die anderen beiden bekleideten später hohe Positionen, niemand traute sich, Fragen zu stellen, schon gar nicht im Zusammenhang mit der Zerstörung des alten Staatsapparats, niemand traute sich, für dessen Beamte Partei zu ergreifen. Die drei Männer hatten die viertausend indochinesischen Piaster unter sich aufgeteilt und dafür viele unschuldige Menschen getötet. Die mussten sterben, weil sie gesehen hatten, wie der Herr Provinzgouverneur diesen Männern die Schatulle übergab …«

»Sie haben noch nicht alles erzählt!«, drängte Thu ihn.

Es war, als ob der alte Quyet aus einer Trance erwachte. Er setzte sich auf den Boden, wirkte erschöpft. Nach einer Weile fuhr er etwas ruhiger fort: »Also, wir stießen mit den Bajonetten zu. Dann ging Tam ins Lager und holte vier Schaufeln. Wir schippten Erde, um die Grube zuzuschütten. Das Geräusch der fallenden Erde, Weinen, eine Stimme, die ›Helft mir doch‹ schrie und ›Mutter, bitte rette mich‹ und ›Grausame Mörderbande‹ … Dann wurde es nach und nach still. Tam befahl, die Grube nur ebenerdig aufzuschütten. Als die Franzosen das Land zurückeroberten und ihr neues Regime errichteten[35], wurden auf diesem Gelände Pferde gehalten. Man ließ die Pferde darüberstampfen, damit der Boden fest wurde, denn zu der Zeit hatte sich herumgesprochen, dass die Vertreter der alten Provinzregierung hier lebendig begraben worden waren, ihre Gebeine lägen hier unter der Erde, man wisse nur nicht die genaue Stelle. Die Pferde haben einige Jahre lang die Erde festgetreten. Auch nachdem die französischen Soldaten abgezogen waren, traute sich niemand, an dieser Stelle ein Haus zu bauen. Die Distriktverwaltung legte dann diesen Sportplatz an.«

»Warum wurde damals nicht geschossen, so dass die Leute einen leichteren Tod hätten sterben können?« Thu warf dem alten Quyet einen Blick zu, als wollte er sich gleich auf ihn stürzen. Hieu musste ihn am Arm ziehen, um ihn zur Räson zu bringen.

»Es fehlte an Munition. Sechzehn Leute zu erschießen hätte zu viel der knappen Munition verbraucht. Auch wollten wir kein Aufsehen erregen. Nachts konnten Schüsse leicht die ganze Gegend aufschrecken. Tam sagte mir, so laute der Befehl, den er erhalten habe, und zwar von dem Mann mit dem Tropenhelm, der habe erklärt, dass diese Banditen profranzösisch seien, reaktionär, sie müssten umgehend beseitigt werden, lasse man sie zu lange ungeschoren, konnten sie einen französischen Gegenangriff auslösen und die Revolution empfindlich behindern. Wir führten nur den Befehl aus, den wir erhalten hatten. Damals waren wir jung und unreif und außerdem begeistert. Dass wir Konterrevolutionäre töten sollten, war nicht nur ein Befehl, sondern für uns auch eine Mission. Nur dass …« Der alte

Quyet schaute in die Ferne Richtung Kreisstadt, hier gab es jetzt schon Mopeds, die aus dem Süden stammten, einige fuhren knatternd die Straße entlang. Die grasenden Kühe zuckelten gemächlich zum anderen Ende des Sportplatzes. »Nur dass derjenige, der die Befehle erteilt, sie selten selbst ausführen muss. Seine Hände sind sauberer, deswegen entgehen solche Leute oft dem von oben herabstürzenden Unheil. Aber uns, die wir nach ihren Befehlen handelten, hat es schwer getroffen. Ich und meine Kameraden, wir hatten alle vor, in die Armee einzutreten, um gegen die Franzosen zu kämpfen, doch bevor es dazu kam, drehte Tams Wasserbüffel bei der Feldarbeit plötzlich durch. Die Egge hinter sich herziehend, stürmte er los, Tam rannte hinterher, die Egge drehte sich nach oben, Tam fiel vornüber, die Zinken durchbohrten seine Brust, und er war auf der Stelle tot. Was die anderen beiden Männer betrifft, so wurde einer von ihnen während des Essens vom Blitz erschlagen. Die Familienmitglieder, die mit ihm am Tisch saßen, ereilte dasselbe Schicksal. Der andere, ein guter Schwimmer, ging eines Tages zum Strand, um Muscheln zu sammeln. Als er fertig war, watete er ins Meer, um sich zu waschen, da brach eine große Welle über ihn herein, zog ihn hinaus, und er verschwand spurlos. Normalerweise ist das Meer hier recht ruhig, doch in jenem Jahr herrschte starker Monsun, und so kam der Mann ums Leben …«

»Und Sie?«, fragte Thu herausfordernd. »Wie viele Menschen in der Grube haben Sie erstochen? Keine Erinnerung mehr? Zu lange her? Ganz schön vergesslich!«

»Thu, komm, setz dich.« Hieu zog seinen Bruder am Arm. »Dem Himmel bleibt nichts verborgen!«

Der alte Quyet fuhr fort: »Ich glaube, der Himmel sieht wirklich alles. Wäre ich damals reifer gewesen, hätte ich ihnen vielleicht zur Flucht verhelfen können. Doch zu der Zeit wurden wir von Tam gezwungen, und Tam wurde wiederum von jemand anderem gezwungen – wenn wir uns geweigert hätten, wären wir an ihrer Stelle gestorben. Außerdem bedeuteten die Worte ›reaktionär‹ und ›konterrevolutionär‹ damals etwas Abscheuliches, sie brachten unser Blut in Wallung. Indem wir töteten, glaubten wir, dass wir die Bösen vernichteten, die Feinde der Revolution … Ich konnte nie wieder in Frieden leben. Von dem Tag an hatte ich häufig Migräne, so stark, dass ich nicht mehr klar sehen konnte, kein Medikament half. Ich heiratete und bekam zwei Söhne, was mich sehr glücklich machte, doch im Alter von fünfzehn Jahren erlitten sie beide einen Tobsuchtsanfall. Sie prügelten sich, dann zogen sie sich splitternackt aus und liefen laut schreiend durchs Dorf. Meine Frau wurde ihretwegen krank, und als sie es nicht mehr aushielt, nahm sie Rattengift, lief in die Nacht hinaus und starb unter den Marktständen … Ich lebe noch, aber es ist, als wäre ich auch schon tot, das ist doch kein Leben.« Der alte Quyet vergrub sein Gesicht in den Händen und weinte laut. »Ich war so dumm damals, denn ich habe nicht daran gedacht, eine Markierung auf dem Körper des Herrn Provinzgouverneurs zu hinterlassen, damit man ihn, wenn man die Grube öffnet, leichter identifizieren könnte. Übrigens war ich auch nicht derjenige, der den Herrn Provinzgouverneur gefesselt hat. Das hat Tam selber besorgt, ich erinnere mich genau, wie der Herr Provinzgouverneur noch zu ihm sagte: ›Die Frauen sind vollkommen unschuldig, lassen Sie wenigstens sie gehen.‹

›Wieso sollte ich sie freilassen? Sind doch auch Reaktionäre.‹ Später ging mir auf, dass die Frauen wahrscheinlich ebenfalls Augenzeugen waren, wie der Herr Provinzgouverneur dem Mann mit dem Tropenhelm die Schatulle übergab. Und natürlich durfte niemand, der das gesehen hat, am Leben bleiben. Du und dein Bruder, ihr seid die Einzigen, die gekommen sind, um nach dem Herrn Provinzgouverneur zu fragen, die Familienmitglieder der mehr als ein Dutzend anderen Opfer dagegen haben sich nie gemeldet. Sie waren sicher erschüttert, aber die meisten, die mit den Franzosen zu tun hatten, sind wohl in den Süden geflohen. Und ob in der Zeit, als die Franzosen zurückgekehrt waren, jemand hier war, weiß ich nicht. Damals war diese Gegend besetztes Gebiet, ich blieb nicht hier, sondern ging zur Armee, die sich im Norden Vietnams formierte. In der Armee quälte mich meine Migräne heftig, man ließ mich deshalb in der Nachschubabteilung arbeiten, ich musste keinen Dienst an der Waffe tun. Ich habe Angst, ein Gewehr anzurühren, große Angst. In den Friedensjahren, als Polizist, habe ich mich auch nie getraut, eine Pistole in die Hand zu nehmen, ich habe solche Einsätze meine Vertreter machen lassen. Einmal stürmten Froschmänner den Strand, wir kannten den Plan im Voraus und konnten sie allesamt fassen, dann kamen Höherrangige und brachten sie weg, wir mussten nicht schießen. Ich habe in meinem Leben schon für fast alle Sünden gebüßt!« Der alte Quyet schluchzte laut.

* * *

Sie brachten Herrn Quyet zurück in sein Dorf, und Hieu gab ihm zehn Dong. Der Alte war sprachlos vor Staunen. Er faltete die Hände und verneigte sich tief vor den Enkeln des Herrn Provinzgouverneurs, wobei er wieder in Tränen ausbrach. Hieu hatte das ganz automatisch getan, ohne darüber nachzudenken, warum er Mitleid empfand mit dem kranken schwachen Mann, dessen Familie zerrüttet war und der jetzt einsam und allein in dem leerstehenden Haus lebte. Thu murrte, Hieu hätte lieber einem Bettler etwas geben sollen! Hieu entgegnete, der Alte werde es nicht mehr lange machen, der Todesgott hatte ihn nur deshalb noch nicht geholt, weil er ihn weiter büßen lassen wollte.

Hieu fuhr nicht gleich in Richtung Hanoi, sondern kehrte noch einmal zum Sportplatz zurück. Die beiden Brüder gingen schweigend zu der Stelle, die Quyet ihnen gezeigt hatte, etwa dreißig Schritte von dem Kapokbaum entfernt. Hier also war es. Hier lagen die Gebeine ihres Großvaters und seiner Leidensgenossen begraben. Wegen viertausend Piaster wurden sie grausam ermordet. Nicht etwa für dieses oder jenes Ideal, nicht etwa für ein höheres Ziel, für das man den Feind ausschalten musste. Nur wegen viertausend Piaster, ohne Gerichtsurteil, ohne ein letztes Wort. Man ersparte ihnen auch keinen unnötigen Schmerz, indem man sie erschoss. Nur um Patronen zu sparen, wurde das Bajonett der Revolution eingesetzt, nur damit alles reibungslos ablaufen konnte, ohne neugierige Ohren- und Augenzeugen.

Der Abendwind fegte über den Sportplatz. Ein Sturm. Der Monsun wehte vom Meer her schwüle Luft ins Land, die viele Menschen nur schwer ertrugen, und weil sie dem nicht entkommen konnten, gingen sie aufeinander los. Die schmale, kahle Landzunge entlang des Ostmeers sieht auf der Landkarte dünn wie eine Rauchwolke aus, die eine kräftige Meeresbrise leicht wegfegen könnte, aber dessen sind sich die Menschen nicht bewusst, sie lassen sich von ihrem Hass treiben, und die Rachsucht verkürzt ihr Leben … Hieu schaute in Richtung Meer. Es hatte hier Schlamm angeschwemmt, dort wuchsen sich wiegende Kajeputbäume, und Mangroven säumten das Ufer. Um zum Meer zu kommen, musste man erst durch die Kreisstadt und ein Dorf, aber an dieser Stelle nahm man schon den intensiven Salzgeruch wahr, den der Monsun bis hierhertrug. Deutlich war das Toben des Windes zu hören. Den Brüdern war, als hörten sie die Stimmen der Seelen der unglücklichen Opfer, als schauten die Gestorbenen auf diese jungen Menschen herab, die eben erst von dem Massaker erfahren hatten, in der Hoffnung, dass sie nun rehabilitiert würden …

Thu zündete die in der Kreisstadt gekauften Räucherstäbchen an und steckte sie an der Stelle, die Herr Quyet ihnen gezeigt hatte, in die Erde. Die Brüder traten einige Schritte zurück, das Bündel Räucherstäbchen flammte auf und verstreute knisternd seine Asche im Wind.

»Was für ein Sturm!«, sagte Thu.

Aber Hieu schüttelte den Kopf. »Nein, die Seelen selbst haben die Flammen entfacht. Sie freuen sich, weil jemand sie besucht. Wir Enkel sind gekommen und grüßen demütig unseren Großvater und alle Onkel, alle Tanten.« Er faltete die Hände und neigte ehrerbietig den Kopf. Thu tat es ihm nach. Hieu erklärte, es sei schwer gewesen, ihn, den Großvater, hier zu finden. Sechzehn

Tote, und so viele Jahre waren seither vergangen. Man sollte sich mit den Eltern beraten und beim Kreis die Errichtung einer Gedenktafel beantragen. Eine gemeinsame Gedenktafel für alle sechzehn Opfer.

Die Brüder gingen zurück zum Auto. Es war beinahe dunkel. Plötzlich sagte Hieu: »Ich habe schon vieles erlebt. Auch das, was Phong mir angetan hat, irgendwann werde ich dir davon erzählen.«

»Meinst du den Phong, den Sohn von Tante Viet im Süden?«

»Genau den. Um ihn macht sich unser Vater gerade große Sorgen. Vielleicht ist es an der Zeit, ihn von jenem Ort zurückzuholen … Was er getan hat, finde ich abscheulich, aber das hier« – Hieu zeigte auf die inzwischen vollständig abgebrannten Räucherstäbchen – »dieses Verbrechen ist wirklich grauenvoll. Wenn ich an Phongs Grausamkeit dachte, konnte ich oft einen Brechreiz nicht unterdrücken. Ich dachte, nur er könnte mich zum Kotzen bringen, aber es gibt Dinge, die noch schlimmer sind«, murmelte Hieu, »wirklich grauenvoll!«

»Ich verstehe kein Wort. Du bringst mich ganz durcheinander damit, dass du alles nur bruchstückhaft andeutest.«

»Wozu willst du es so genau wissen, es ist manchmal besser, wenn man nicht alles weiß. Was du eben erfahren hast über dieses Verbrechen hier, reicht doch, um dich mindestens zehn Jahre altern zu lassen. Wenn du jetzt von weiteren Grausamkeiten erfährst, musst du bald am Stock gehen.«

Neun

Jetzt war er schon sechs Jahre hier. Sechs Jahre Steine klopfen, sechs Jahre in der Höhle schlafen. Als er ins Verwaltungsbüro gerufen wurde, schenkte Phong dem keine Beachtung, er war gerade mit seiner zerschlissenen Baumwollhose beschäftigt; am Knie quollen bei jedem Säubern Flocken der Wattefüllung heraus. Er musste die Hose am Knie flicken. Dieses Wort, wie es die Lagerinsassen aussprachen, klang in Phongs Ohren wirklich komisch. Ticken! Ticken! Picken! Picken! Also *tích kê* oder *pícké*. Die Leute spielten mit der Aussprache von Wörtern, um ein bisschen Spaß zu haben …

»He, Phong!« Der Alte, mit dem er die Pritsche teilte, lag da, den Arm über der Stirn. Als er merkte, dass Phong das Rufen nicht wahrnahm, zog er ihn mit den Zehen am Jackenzipfel. »Man ruft dich!«

»Man ruft mich, Onkel Hai[36]?«, antwortete Phong dem Alten nach südvietnamesischem Brauch, dann spürte er sein Herz heftig schlagen.

»Man ruft dich, beeil dich!«

Als er den Überstellungsbescheid in der Hand hielt, fing Phong an zu zittern. »Das heißt also, ich soll hinunter in ein tiefer gelegenes Lager, verehrter Herr Beamter.«

Der Uniformierte, der Phong damals empfangen hatte, war ins Flachland abberufen worden, dieser Mann hier war jünger, hatte schon die unbeschwerte Ausstrahlung der Friedenszeit, nicht die hartherzige und teilnahmslose Miene des Krieges. Er schaute Phong an und fragte:

»Offenbar haben Sie Angst vor der Veränderung?« Er schien ein gebildeter Mann zu sein und Menschenkenntnis zu besitzen.

Phong senkte den Kopf. In den sechs Jahren im Schatten der finsteren Berge hatte er gelernt, sich vor Amtspersonen automatisch zu ducken. Er antwortete: »Keineswegs, ich habe den einzigen Wunsch, meine Mutter wiederzusehen. Ich fürchte, es geht ihr schlecht, weil ich schon so lange weg bin.«

»Machen Sie sich keine Sorgen, Ihrer Mutter geht es nicht schlecht, sie betreibt einen gut gehenden Handel. Möchten Sie sonst noch jemanden wiedersehen?«

»Nein, niemanden.«

»Und Hieu, Ihren älteren Bruder, möchten Sie den nicht treffen?«, fragte der junge Uniformierte, aber er insistierte nicht. Schließlich senkte er den Blick auf die Zeitung, in der er vorher gelesen hatte, und forderte Phong auf zu gehen. »Ein Auto bringt Sie zum Lager im Flachland. Morgen früh um fünf Uhr geht's los ...«

Phong trat hinaus, immer noch aufgewühlt, weil der Name Hieu gefallen war. Er ahnte dunkel, dass das etwas zu bedeuten hatte, wollte aber nicht darüber nachdenken. Er nahm seine Stofftasche entgegen, die man ihm aushändigte, darin befanden sich seine Uhr, das Notizbuch, die Sonnenbrille, die er aus Saigon hierher mitgebracht hatte. Alles war unangetastet. Phong legte seine Arbeitskleidung zusammen, nahm mehrere Steine, die er während der Arbeitspausen zu Briefbeschwerern und Schmucksteinen geschliffen und poliert hatte, und steckte sie in die Tasche. Es gab nicht mehr viel zu tun. Von jetzt bis morgen früh um fünf. Ein paar Stunden, eine sehr lange Zeit!

Der Alte mit den Augen eines Weisen schaute zu, wie Phong seine Sachen packte und dann wartend dasaß. Er lächelte leicht. Zum ersten Mal seit dem Tag, als er Phong seine Meinung gesagt und einige Prophezeiungen über seine Zukunft geäußert hatte, erhob er nun die Stimme zu einer längeren Rede, nicht nur zu einer lakonischen Information wie in den vergangenen Jahren. »Du hast zu deinem ursprünglichen friedlichen Wesen zurückgefunden. So wie du jetzt dasitzt und wartest, siehst du schon ganz menschlich aus. Wie ein Kind, das sich nach seiner Mutter sehnt. Ich wette, wenn dir jetzt jemand ein Messer in die Hand geben würde oder ein Gewehr, wüsstest du nichts mehr damit anzufangen …«

»Ja, richtig«, lachte Phong, »Soldat sein, das wäre nichts mehr für mich. Aber ich habe große Angst, Onkel Hai. Ich habe mich an das Leben hier gewöhnt …«

»Ich sagte dir ja, dass du nicht lange bleiben würdest. Dass du hier herauskommen würdest. Wenn du es hinter dir hast, geh. Geh weit weg. Nur so findest du zu einem friedlichen Leben. Wenn du dich an das hier gewöhnt hast, geht es dir wie Robinson, nach so langer Zeit hat man Angst vor Veränderung. Aber du kannst nicht bleiben. Jemand hat beschlossen, dich hier herauszuholen, da musst du natürlich gehen …«

»Ja, wenn ich von Angst sprach, meinte ich das nicht so ernst … Darf ich Sie noch etwas fragen, Onkel? Wie steht es mit Ihnen, glauben Sie, Sie kommen irgendwann frei?«

Der Alte gab keine Antwort. Er streckte sich auf der Pritsche aus, legte den Arm über die Stirn und schaute zur Höhlendecke. Es war Sonntag, die Gefangenen hatten einen Ruhetag. Hinten in der Höhle spielten einige

Karten, wer verlor, bekam ein Barthaar angemalt. Die Pokerkarten hatten sie von Phong, der die Pappe von den Dynamitkartons zurechtgeschnitten und mit einem vom Aufseher geliehenen Stift bemalt hatte – das war viele Jahre her, aber die Karten waren noch gut zu gebrauchen.

Phong betrachtete die Höhlendecke, betrachtete die Häftlingskleidung, die auf einer quer gespannten Schnur hing, betrachtete die Langzeitgefangenen, die unbeschwert Karten spielten, und den Alten mit seinem schneeweißen Bart und Haar. Der war eingeschlafen.

Phong hatte nie erfahren, was der Alte verbrochen hatte. Er hatte auch nichts erzählt. Er besaß eine Kiste, die aussah wie die Essensbox, die die Soldaten am Körper trugen. Wenn er arbeiten ging, sammelte der Alte unterwegs häufig Wildkräuter, ein paar Grillen und Heuschrecken und sogar Frösche in seiner Box … Am Abend ging er in die Küche und grillte Insekten aus den Bergen. Das roch gut. Der Alte aß es. Als Beilage zum Gefängnisessen. Diese Art, in aller Ruhe zu essen, als ob ihm Zwänge und Widrigkeiten nicht im Geringsten zu schaffen machten, hatte Phong beeindruckt. Der Alte war offenbar auf ein lebenslanges Lagerleben eingestellt – mit seiner Art, ruhig abzuwarten wie ein Philosoph, wie ein Mensch, der schon alle möglichen Schicksalsschläge eingesteckt hat, wie ein Mensch, der sich dem Prinzip der Gewaltlosigkeit verschrieben hat. Gerade jetzt wieder schlief er tief und fest.

Phong fühlte sich ein wenig gekränkt. Der Alte hatte sich gar nicht richtig von ihm verabschiedet. Sechs Jahre hatte Phong an seiner Seite geschlafen.

Sechs Jahre eines kurzen Menschenlebens. War das etwa nichts?

Eine kleine Tragödie

Im Auftrag der größten Zeitung der Provinz begab ich mich in den Kreis V., um über den Mord an einem Mann zu recherchieren, der von seinem Sohn verübt worden war. Nach eigenem Eingeständnis hatte dieser seinen Vater vorsätzlich getötet. Nachdem er ihn umgebracht hatte, schleppte er die Leiche in den hinteren Teil des Gartens, schlitzte ihr den Bauch auf, um die Leber zu entnehmen … Ich traute mich nicht, ihm Fragen zu stellen, ich beobachtete ihn nur durch die Gitterstäbe seiner Zelle im Kreisgefängnis, während ich mir vornahm, einen kleinen Überblicksartikel über die wachsende Kriminalitätsrate in dieser Gegend nach dem Krieg zu schreiben … Unterdessen hatte ich einen Brief von Onkel Tuyen erhalten. Darin erzählte er mir, dass Ende des Monats meine Cousine Cay – seine älteste Tochter – mit ihrem Verlobten aus Ho-Chi-Minh-Stadt heraufkommen würde, um die Familie zu besuchen. Quang, der junge Mann, war aus dem Ausland heimgekehrt, um die Vorteile des Investitionsgesetzes zu nutzen und ein Gemeinschaftsunternehmen zwischen der Provinz und der französischen Firma S. aufzubauen. Er hatte Cay nicht bei seiner Arbeit getroffen, sondern bei einer Zusammenkunft von Überseevietnamesen, die ebenfalls wegen des Investitionsgesetzes zurückgekehrt waren, mit etwa zwanzig typisch städtischen Intellektuellen … Nach den Beratungen sang man und rezitierte Gedichte. Es traf sich gut, dass Quang ein Amateurmusiker und Sänger war. Er sang so schön, dass Cay ihre Augen nicht von ihm abwenden konnte. In dieser Atmosphäre, als alle Hindernisse ignoriert werden konnten, lernten sie einander kennen, verliebten sich und beschlossen zu heiraten. Die Kinder meines Onkels Ca sowie Cays Brüder und Schwestern waren schon nach Ho-Chi-Minh-Stadt gezogen. Sie waren jung und machten sich auf in die Welt. Einige meiner Vettern und Cousinen hatten Ausländer geheiratet, und so war die Liebe zwischen Cay und Quang, der einen französischen Pass besaß, nichts Ungewöhnliches. Onkel Tuyen und seine Frau waren beruhigt, weil viele ihrer Kinder, Neffen und Nichten dabei gewesen waren, als Quang unten in Ho-Chi-Minh-Stadt in den Clan aufgenommen wurde. Jetzt wollte Cay ihn formell seinen zukünftigen Schwiegereltern im Norden vorstellen. Im Anschluss würde Quang geschäftlich nach Frankreich reisen und dann gleich seine Mutter mit zurückbringen, damit sie sich um die Hochzeit kümmern könnte.

Ich hatte ein schlechtes Gefühl, was meinen Auftrag betraf, im Kreis V. eine Reportage zu schreiben. Der Mann, der seinen Vater ermordet hatte, ging und ging mir nicht aus dem Kopf: Äußerlich war er ganz normal, ja sogar langweilig. Aber er hatte ein sehr bleiches Gesicht. Zweimal war ich schon auf der Straße Augenzeuge eines Mordes gewesen. Die Mörder waren keineswegs besonders groß oder böse. Sie waren eher bleich, kalt, hager und entschlossen. Diese Leute konnten töten, ohne Entsetzen, Reue oder Mitleid zu empfinden … Der Mann im Kreis V. war von der Art. Er schien mit sich zufrieden, gleichgültig und sehr kalt … Seine Frau war mit dem Kind spurlos verschwunden, denn welches Mitgefühl konnten sie von ihm erwarten, der seinen eigenen Vater ermordet hatte? Die Leute versuchten gerade zu klären, ob er geisteskrank war. Er selbst schien uninteressiert, so wie er da hinter den Metallstäben saß...

Aber ich musste meine Arbeit liegen lassen und zurückkehren. Ich fuhr mit einer Gruppe von Reportern aus Hanoi, die auch in meine Provinzstadt wollten. So konnte ich ein wenig Geld sparen und es mir leisten, für Cay ein nettes kleines Geschenk zu ihrer Verlobung zu kaufen. Von Onkel Tuyens Kindern mochte ich sie am liebsten, sie weckte in mir immer die Vorstellung, dass die Menschen gut sein können, schön sein können, so wie sie. Sie war 1957 geboren und hatte seither in einer Familie gelebt, die ausschließlich höheren Beamten vorbehaltene Lebensmittelmarken zugeteilt bekam. Mit siebzehn ging sie nach Europa an die Universität und lernte einen außergewöhnlichen Beruf: Feuerbestatterin. Eigensinnig, wie sie war, konnte niemand sie davon abbringen. So blieb sie sechs Jahre im Ausland. Onkel Tuyen schaffte es immer wieder, irgendwelchen »Burschen«, die als Spezialisten nach Europa fuhren, Sachen für seine »Prinzessin« mitzugeben, und konnte auf diese Weise so gut für sie sorgen, dass die jungen Männer in Frankreich höchst beeindruckt waren. Im Sommer konnte sie in ihrem Wohnheim, einen halben Erdkreis entfernt von zu Hause, Lotusblüten aus ihrer Heimat in die Vase stellen, die im Kühlraum des Flugzeugs frisch gehalten worden waren. Und immer wenn die Spezialisten eine Reise machten, konnte sie frische Austern genießen, frischen grünen Wasserspinat und Fischsoße, und sie konnte sogar ihr Haar mit Zitronengrasblättern oder anderen Kräutern waschen … Sie genoss all diese Dinge, als gäbe es sie so reichlich wie die Luft, die wir atmen.

In dieser Zeit lebte ich auch in einem Heim, in Vietnam. Ich schlief im unteren Stockbett und entwickelte eine Allergie gegen den Staub, der von den hölzernen Bettlatten herabfiel: Die Zimmergenossin über mir machte sich nie die Mühe, ihr Bett zu reinigen, bevor sie sich zum Schlafen legte. In dieser Zeit aßen die jungen Leute ihre Mahlzeiten in einer Gemeinschaftsküche und benutzten dabei niemals Schälchen. Der Reis wurde in eine Schüssel geschüttet, dann kamen die Zutaten dazu, und alle löffelten eifrig daraus. Die Treppenhäuser in den Heimen waren durch Abfälle und Urin verdreckt. Die zukünftigen Intellektuellen verbrachten ihre Tage damit, am Tor der Universität auf Pump Tee zu trinken. Ihre Haare waren lang und ungepflegt, ihre Hautfarbe bleich vor Unterernährung. An manchen Tagen gab es überhaupt keinen Reis, und dann erhielt jeder eine sogenannte »Faust« – eine Handvoll steinhart gedünsteten Weizenmehls mit einem armlangen Strang Wasserspinat als Füllung … Ich erzählte Cay diese Geschichten aus meiner Studentenzeit, aber sie schien uninteressiert und lächelte nur manchmal. Ich fragte sie, ob ihr das alles bekannt sei. Natürlich, antwortete sie dann und lachte nur. Ich wusste nicht, worüber sie lachte, aber ich wusste, dass sie es nicht böse meinte. Vielleicht dachte sie: Immer dasselbe! Wir haben unser Schicksal zu nehmen, wie es kommt. Für wen verläuft das Leben schon wunschgemäß?

Cay trat der Kommunistischen Partei bei, als sie in Europa war. Dann arbeitete sie mehrere Jahre als Funktionärin. Die Dinge flogen ihr ganz natürlich zu wie die Luft dem Atem. Sie verliebte sich in einen jungen Mann aus Polen, lehnte es aber ab, ihm in sein Land zu folgen. Sie liebten sich sehr, aber der Wunsch, in ihre Heimat zurückzukehren, war größer als alles andere. Wenn die eigene Familie über alle modernen Annehmlichkeiten verfügt, ist es besser, in einem armen Land zu leben als im Ausland. Man muss sich nicht die geringste Mühe geben und kann doch im Überfluss leben. Das war die materielle Seite. Was ihr geistiges Leben betraf, so war Cay eine starke Persönlichkeit und würde sich niemals an eine fremde neue Lebensweise anpassen. Wieso sollte sie auch?, fragte sie mich. Wenn er sie liebte, dann sollte er ihr nach Vietnam folgen!

Nach ihrer Rückkehr nach Vietnam hatte sie die Wahl zwischen den sechs besten und angesehensten Institutionen und entschied sich zuletzt für ein Forschungsinstitut. Ihre Kenntnisse im Krematoriumswesen gab sie auf. In Vietnam gab es ja nicht einmal genügend elektrische Energie, um Leichen zu verbrennen!, sagte sie sich und lächelte. Also ging sie zur Arbeit ins Forschungsinstitut und es gelang ihr, stets gut zu riechen und sich so sauber zu halten, dass an ihren Füßen niemals auch nur ein Staubkorn zu finden war. Sie lebte mit ihren Eltern in einer der für hochrangige Beamte reservierten Villen dieser nur der Zentrale unterstellten Stadt, der zweitgrößten im Norden.

Diese Villen, in denen Kader wie Onkel Tuyen wohnten, waren den Leuten ein Rätsel. Einmal, als ich in der Hauptstadt war, besuchte ich eine Freundin. Sie war die Tochter eines Kochs, der für eine hochgestellte Persönlichkeit arbeitete. Sie wohnte mit ihrem Vater in einem Zimmer der Villa. An der Straßenecke kam ein grün uniformierter Soldat aus seinem hölzernen grünen Wachhäuschen. Steinerne Miene, misstrauischer Blick: Was wollen Sie? Er prüfte akribisch meine Personalpapiere. Dann ließ er mich dort stehen und ging, das Gewehr im Anschlag, zum Tor und klingelte. Ein gelb uniformierter Soldat erschien, der mich ebenfalls mit stahlhartem, funkelndem Blick musterte. Die beiden Männer wechselten ein paar Worte. Der gelbe Soldat verschwand in der Villa. Einen Augenblick später kam ein Mann in Zivil auf mich zu. Er starrte mir ins Gesicht, wie ein Forscher im Labor eine Mikrobe unter dem Mikroskop betrachtet ... Als dann schließlich die Tochter des Kochs auftauchte, war mir schon der kalte Schweiß ausgebrochen. Nach dieser Erfahrung hatte ich keine Lust mehr, sie zu besuchen. Was hatte die Tochter eines Kochs in einem solchen Haus zu suchen?

Alle diese lästigen Sicherheitsvorkehrungen zwangen die jungen Leute, die in solchen Villen wohnten, in die Isolation von der Alltagsgesellschaft, und das brachte mich dazu, eine Antipathie Onkel Tuyens Kindern gegenüber zu entwickeln. In den Provinzstädten waren die Verhältnisse ziemlich genauso wie in der Hauptstadt und in gewisser Hinsicht sogar noch lästiger, und das machte mich krank. Cay hatte sehr wenige Freunde und sie ärgerte sich, wenn sie mit ihren Eltern zusammen war. Oft floh sie zu mir in mein Zimmer im kommunalen Wohnblock und zwängte sich mit in mein Einzelbett. In regnerischen Nächten kuschelten wir uns auf dem Bett zusammen vor Kälte, denn der Regen tropfte ins Zimmer. Eigentlich beneidete sie mich nicht um mein kärgliches Leben, es war nur, dass sie ihres Lebens im Überfluss oft überdrüssig war. Sie sagte zu mir: »Wenn immer alles nach Wunsch geht, ist das auch nicht gerade toll! Vielleicht machen ein paar Schwierigkeiten das Leben interessanter!« In jenen Tagen wurde ich ihre Freundin.

Während der ganzen Zeit, in der Onkel Tuyen im Amt war, habe ich nie einen Fuß in die gut bewachte Villa gesetzt. So sorgfältig verschlossen das Tor auch war, einem geschickten Burschen ist es doch gelungen, hineinzukommen. In dieser Zeit waren farbige Fotos noch eine Seltenheit. Der Junge war Ingenieur und arbeitete in einem Büro in der Nähe von Cays Institut. Er fragte sie, ob er kommen und als Geschenk ein paar Farbaufnahmen von ihrer Familie machen dürfe. Onkel Tuyens Frau stammte aus einer Händlerfamilie und hatte vor ihrer Ehe als Verkäuferin in einem Kurzwarengeschäft am Stadtrand gearbeitet. Deshalb war sie ganz verrückt darauf, fotografiert zu werden. Sie forderte Cay auf, dem Ingenieur zu sagen, dass er vorbeikommen solle. Die Ehefrau und die Söhne und Töchter des hohen Beamten waren hingerissen von den Farbfotos. Auch Onkel Tuyen selbst war fotografiert worden. Er trug einen Anzug und stand feierlich neben seinem Wolga. Sein Pekinese hockte auf dem Autodach, und so sah mein Onkel auf dem Bild wie das Oberhaupt eines fremden Landes aus. Nur Cay blieb gleichgültig. Doch dann geschah das Unerwartete: Der Ingenieur wurde ein häufiger Gast im Haus und aß mehrmals mit meinem Onkel und seiner Frau zu Abend. Da machte er Cay einen Heiratsantrag und sie sagte Ja. Der Junge war sehr hübsch, intelligent und fröhlich. Er war hoch gewachsen, ohne linkisch zu wirken, und er hatte schlanke Finger. Cay wusste natürlich, dass ein Mann mit schönen und geschmeidigen Händen zu wenig nutze war und seiner Frau sogar Unglück bringen konnte, aber sie zog trotzdem das Brautkleid an. Sie lebten fast ein Jahr zusammen. Es gab viele Nächte, in denen sie plötzlich in meiner Wohnung erschien und erschöpft dasaß. Sie sprach selten schlecht über ihren Mann, aber sie schien wachsenden Widerwillen gegen ihn zu empfinden. Damals vermutete ich, dass es der schwankenden Natur der Mädchen und Frauen zuzuschreiben war, die äußerlich vom Schicksal verwöhnt sind. Dann flüsterte sie mir eines Tages ins Ohr, als würde sie ein schreckliches Geheimnis verraten.

»Soll ich dir etwas sagen?«, fragte sie.

»Natürlich«, sagte ich.

»Ich bin niemals glücklich gewesen.«

»Wer weiß, was Glück ist und was nicht?«

»Aber es stimmt«, versicherte Cay. »Ich habe niemals das Glück gekannt.«

»Glück ist etwas sehr Seltenes, meinst du nicht?«

»Vielleicht. Ich habe mich immer sehr angestrengt, aber ich bin nirgendwo angekommen … Ein Mensch wie ich dreht sich im Kreis, findest du das nicht seltsam?«

Die Tatsache, dass er nun der Schwiegersohn eines hochrangigen Kommunalbeamten war, gab Cays Mann das Recht, seinen Platz zu wählen und über ein entlegenes, niemanden tangierendes Thema zu forschen. Er flog ins friedliche Europa, obwohl er sehr unglücklich war, weil Cay vor seiner Abreise die Scheidung verlangt hatte. Niemand konnte sie von diesem Entschluss abbringen. Ich habe ihr das oft vorgeworfen.

Schließlich sagte sie gleichgültig: »Schau mal, wer ist als Gewinner aus dieser Ehe hervorgegangen? Er, nicht wahr? Er war der große Gewinner. Er hätte nie im Leben die Chance gehabt, nach Europa zu gehen, wenn er mich nicht geheiratet hätte. Durch unsere Ehe hatte er sehr viele Vorteile.«

Ich habe noch nie jemanden getroffen, der einen Mann so verabscheut hat wie Cay ihren Ex-Ehemann. Wann immer sie über ihn redete, war sie atemlos und zutiefst verbittert.

Und dann löste sie sich von ihrer Familie und zog in den Süden, um dort allein zu leben. Ehe sie fortging, kam sie mich im Wohnheim der Zeitungsredaktion besuchen und wir aßen Nudelsuppe mit Krabben. Sie war im besten Alter. Sie hatte genau die richtige Größe. Ich war sehr stolz auf sie, denn ihre Schönheit war von einer Art, wie man sie selten sieht. In den Straßen sah man nur Gestalten, die nach einem bestimmten Muster geformt waren, so dass sie einander glichen wie die Abgüsse einer Form, sie dagegen machte schon beim ersten flüchtigen Blick Eindruck. Ihre Augen, ihre Brauen, ihre Lippen hoben sich wohlgeformt von ihrem braunen Teint ab. Ihre Schönheit war von im Norden seltener Art. Die Nordvietnamesen bevorzugen Frauen von zierlicher Gestalt mit heller, weicher Haut, und so zeigten sich die Menschen auf der Straße völlig unbeeindruckt von ihrer strahlenden Schönheit. Sie aß gern gut und trug gern schöne Kleider, sie kostete die glücklichen Momente aus, wie sie kamen. Davon abgesehen sorgte sie sich nicht wirklich um irgendetwas. Ich nannte sie oft zum Spaß eine Gräfin. Sie lachte nur: »Das ist Schicksal. Alles hat seinen Preis.« Bestimmt zahlte sie auch jetzt wieder für etwas, dessen sie sich noch nicht bewusst war.

* * *

Ich saß im Bus, der in meine Stadt fuhr, die Provinzhauptstadt. Unsere Provinz ist groß, fast wie ein kleiner Staat, und es würde den ganzen Tag dauern, um von dem abgelegenen Kreis V. ins Provinzzentrum zu kommen. Die Reporter aus der Hauptstadt recherchierten eine Geschichte in dieser Provinz. Sie verrieten nichts darüber. Sie waren in den Kreis V. gekommen, um dort Leute vom Büro eines Inspektors zu treffen, und hatten sich dann eilig auf den Rückweg in die Provinzhauptstadt gemacht. Es waren drei junge Männer. Ihre Arbeit ließ sie seriös wirken, aber sie brachten es trotzdem fertig, viel Spaß zu haben auf der Fahrt. Sie erzählten interne Anekdoten über die Presse und lachten, während ich nur an meine Cousine Cay dachte und an den Brief von Onkel Tuyen über ihren bald bevorstehenden Verlobungsempfang.

Vor drei Jahren war Onkel Tuyen in den Ruhestand gegangen. Seine Villa hatte keine Sicherheitswächter mehr und die ärgerlichen Formalitäten fielen weg. Jetzt nahm er seine Mahlzeiten mit seiner Frau und seinen Kindern ein, goss die Blumen im Garten oder schaukelte in einer Hängematte, die zwischen zwei schattenspendenden Bäumen befestigt war. Er hatte jahrelang an der Spitze der Einwohnerschaft gestanden, provinzweit das höchste Einkommen und die größten Privilegien und Vergünstigungen genossen. Im Innern seines Hauses war alles – vom Briefbeschwerer auf seinem Schreibtisch bis zu den Bildern, die im Salon hingen, vom Bücherregal bis zur Fußmatte –, absolut alles vom Staat zur Verfügung gestellt worden, und als er in den Ruhestand ging, überließ man es ihm zum Eigentum. Er hatte das alles so selbstverständlich genossen wie die Luft zum Atmen, und nun, als Rentner, fühlte er ein tiefes Unvermögen, das Alltagsleben zu bewältigen. Denn als er nun mit dem Leben der einfachen Bürger in Berührung kam, war ihm, als schliche sich ein bärtiger, dreckiger Fremdling in sein Haus ein. Und er konnte nichts dagegen tun. Beim Einkaufen verhielt er sich töricht. Er regte sich auf über die sinkende Kaufkraft der Währung, die Unhöflichkeit der Verkäufer, die Tatsache, dass »alles auf den Hund gekommen ist« ... Er glich vielen Leuten seiner Generation und seiner Position darin, dass er niemals herauszufinden versuchte, warum die Dinge sich so verhängnisvoll entwickelt hatten. Er würde nie zugeben, dass er selbst mit dafür verantwortlich war, dass »alles auf den Hund gekommen« war. Er regte sich auf, weil man jetzt jedes Kilo Fleisch und sogar das Pfund Butter, das ihm mehrere Tage zum Frühstück reichte, peinlich genau notierte. Der Lebensmittelladen, der hochrangige Kommunalbeamte belieferte, was angesichts der dringenden Bedürftigkeit der Studenten, die nur Lebensmittelkarten für hundert Gramm Zucker pro Monat erhielten, ein gut gehütetes Geheimnis war – dieser Laden entzog ihm und seiner Familie nach und nach das Vergnügen, sich alles Gewünschte zu verschaffen.

Die Reporter im Bus wussten nicht, dass ich eine Nichte des Herrn Tuyen war. Sie hätten wohl auch nie gedacht, dass seine Nichte so ein ärmlicher, schwer schuftender Mensch wie ich sein könnte – eine Reporterin, die ihr klappriges Fahrrad nur deshalb auf dem Dach des Busses festgebunden hatte, weil sie eine Freifahrkarte besaß, eine Reporterin, die zum Arbeiten einen Notizblock aus der Tasche zog, weil sie weder ein Tonbandgerät noch eine Kamera hatte …

Der junge Mann mit den schiefen Zähnen drehte sich zu mir um und fragte: »Haben Sie als Reporterin der Provinzzeitung Herrn Tuyen jemals interviewt?«

»Nein.«

»Wie schade! Eine so bekannte Person, und Sie haben nicht mit ihm gesprochen.«

Der Mann neben mir lachte.

»Er wäre niemals bereit, Sie zu empfangen. Zu seiner Zeit wollte er sich nur mit Reportern treffen, die … wie soll ich sagen? … mit solchen, die ein Brustbild von ihm machten. Denn er war immer sehr zugeknöpft. Und die Leute durften ihn auf dem Bild nur von der Brust aufwärts sehen, zugeknöpft bis zum Kinn. Manchmal habe ich mich gefragt, ob er jemals zur Toilette ging und ob er sich auszog, wenn er sich schlafen legte.«

Alle lachten. Ich nicht. Wie auch immer, Onkel Tuyen war ein Verwandter von mir … Die Dämmerung brach herein. Der Bus überquerte einen Fluss, der noch immer seicht war, denn in dieser Jahreszeit steigt der Wasserspiegel noch nicht an. Mais, Süßkartoffeln und rote Kürbisse wuchsen an beiden Ufern, Kinder spielten laut lachend Fangen. Die eiserne Brücke, die man nach dem Krieg repariert hatte, hob sich mit ihrem ungewöhnlichen Grün scharf vom Wasser und dem Himmel ab. Vor langer Zeit war die Brücke majestätisch gewesen, aber im Krieg war sie bombardiert und zerstört worden.

Der Mann mit den schiefen Zähnen drehte sich erneut zu mir um. »Zu Beginn des Krieges war es hier furchtbar«, sagte er.

»Inwiefern?«

»Zu der Zeit war ich Artillerist auf der anderen Flussseite, daher weiß ich es. Die F-105 bombardierten jeden Tag, bis es keine frische Luft mehr zum Atmen gab. Dennoch sahen wir eines Tages Menschen zu Tausenden herbeiströmen. Auf unsere Fragen grummelte der Kompanieführer, der später in einer anderen Schlacht sein Leben opferte: ›Laut Befehl des Sekretärs der Provinzleitung müssen diese jungen Leute Bombenkrater auffüllen.‹ – ›Was? Am helllichten Tag?‹ – ›Gewiss!‹ Der Kompanieführer geriet außer sich. Was für ein irrsinniger Befehl. An einem sonnigen Tag wie diesem wird das ein Massaker geben. Und tatsächlich war um acht Uhr morgens bereits eine AD-6 in der Ferne erschienen und hatte mit ihren Flügeln gewackelt, um den Weg zu weisen. Dann stürzten F-105 herab, eine Welle nach der anderen. Unsere Luftabwehr kämpfte tapfer. Wir schossen eine AD-6 ab …«

»Und die Leute?«

»Die jugendliche Vorhut? Ich habe noch nie so viele Menschen auf diese Weise sterben sehen. Sie hatten keine Gewehre, standen mit leeren Händen da, vollkommen hilflos. Sie rannten wie die Ameisen über das nackte Ufer, wo die Bomben schon alle Bäume niedergemacht hatten. Ich versuchte drei junge Mädchen aus einem Erdloch auszugraben, aber sie starben so eng ineinander verschlungen, dass ich ihre Glieder nicht voneinander lösen konnte. Ich schluchzte laut los. Später hat der alte Koch sie irgendwie herausgeholt. Es waren alles Leute aus der Stadt … Ich habe niemals so viele Menschen auf einmal sterben sehen. Es war fast Morgen, als wir endlich die vielen Leichen weggebracht hatten. Und währenddessen griffen die US-Flugzeuge noch zwei Mal an, mitten in der Nacht … Da warfen sie Splitterbomben.«

»Und Herr Tuyen?«

»Wieso?«

»Wurde er dafür bestraft, dass er diese jungen Menschen am helllichten Tag zum Auffüllen von Bombentrichtern geschickt hatte?«

»Mitnichten. Es gab nur folgende Zeitungsmeldung: ›Bei der Brücke G wurde eine AD-6 abgeschossen. Die Soldaten und die Bevölkerung führen weiterhin einen großen heldenhaften Kampf …‹«

Alle im Bus schwiegen. Sogar der Fahrer fuhr langsamer. Fast zwanzig Jahre waren seitdem vergangen. Ich drehte mich um und schaute zurück und war mir fast sicher, dass die Blicke der Toten auf mir lasteten, wehklagend und vorwurfsvoll.

Nach einigen Momenten des Schweigens sagte der Mann mit den schiefen Zähnen mit vor innerer Bewegung zitternder Stimme: »Zahllose Menschen starben. Dabei hätte das doch verhindert werden können. Warum lässt man Tausende Menschen am helllichten Tag ohne jede Deckung? Das ist die Tat von einem, der gerne

Menschen sterben sieht. Der gerne Menschen wehrlos sieht …«

»Vergiss nicht, dass es 1976 noch einen anderen Skandal gab.«

»Ich weiß, was passiert ist.«

Der Fahrer neigte den Kopf in unsere Richtung. Er war zu der Zeit im Süden gewesen, er konnte nichts wissen. Der Mann mit den schiefen Zähnen ließ sich Zeit.

»Das war wieder Herr Tuyen«, erklärte er. »Es ging um ein großes Projekt, das viel Arbeitskraft erforderte. Er warf Tausende junge Leute in dieses Bewässerungsprojekt. Die Geologie dieses Areals von Q. war nicht stabil. Es lag an einem Berg aus Kalksteinfelsen, und unter der Oberfläche gab es versteckte Wasserlöcher. Die Geologen warnten ihn, aber er wollte nicht auf sie hören. Die Trommeln ertönten, die Fahnen wehten, jedermann war voller Eifer. Die Banner und die Slogans waren alle von leuchtendem Rot. Aber es gab keine Maschinen, und als der Boden einbrach, gab es nichts, womit man all diese Leute hätte herausholen können, die dort lebendig begraben lagen.«

»Wie viele starben?«

»Die Zahl wurde nicht bekannt gegeben. Wissen Sie es zufällig?«

»Nein.«

Tatsächlich war mir dieses Ereignis bekannt, es ist mit einem kleinen Erdbeben vergleichbar. Hundertsechsundachtzig Menschen kamen ums Leben. Und alle waren jung …

Der Mann mit den schiefen Zähnen seufzte. »Danach, nach diesem Einbruch, nach dem Tod dieser Menschen ging der Enthusiasmus stark zurück. Das ganze Projekt fiel ins Wasser. Und niemand weiß, wie viele Milliarden Dong verloren gegangen sind. Das Geld in diesem Land ist eine Art Totengeld. Haufen für Haufen wird aufgeschichtet und verbrannt. Millionen und Milliarden. Milliarden und Millionen. All diese ungeheuren Summen bleiben geheim.«

»Es geht schon recht lustig zu in unserem Land, alles wird geheim gehalten. Um irgendjemandes Ansehen zu schützen, bleibt alles im Dunkeln, niemand weiß, was er von den Dingen halten soll.«

»Ehe er in den Ruhestand ging, war er noch in ein weiteres Debakel verwickelt. Oder vielleicht noch ein paar mehr.«

»Erzähl schon.«

»Da gab es diesen Vorfall, den die Presse erst kürzlich ausgegraben hat. Es geschah während der Hochwasserperiode. Er befahl allen drei Kreisen, Fischteiche auszuheben. Die jungen Leute sollten ihre sonstigen Arbeiten aussetzen, um diese Teiche zu graben. Es regnete in Strömen. Das Wasser stieg. Es überflutete bald alle Teiche. Das war das Ende der Fischzucht und die Leute waren auch am Ende. Ich hörte, dass einige an Hunger starben.«

»Das war vorauszusehen gewesen!«

»Wissen Sie etwas darüber? Sie wohnen doch hier, nicht wahr?«

»Nein, ich weiß nichts darüber«, sagte ich.

»Dann sind Sie wirklich eine ungefährliche Reporterin. Schreiben Sie denn nur, was man Ihnen sagt?«

»Ja.«

Ich sagte Ja, um dem Thema auszuweichen. Es gab so viele solcher Geschichten über Onkel Tuyen. Die Reporter in unserer Provinz kannten sie, erwähnten sie jedoch niemals. Wir waren stets aufgefordert worden, das Ansehen unserer Genossen in der Provinzverwaltung zu wahren. Manchmal tat mir das weh, weil es mein Onkel Tuyen war, der indirekt unzählige Menschen getötet und dem Leben vieler anderer so viel Leid zugefügt hatte. Er quittierte seinen Dienst mit tadellos sauberen Händen und dem guten Gewissen, stets seine Pflicht erfüllt zu haben. Seit er im Ruhestand war, rief er mich oft an und lud mich ein, vorbeizukommen. Ich war böse auf ihn und besuchte ihn ein Jahr lang nicht. Aber Cay schrieb mir Briefe aus Ho-Chi-Minh-Stadt, in denen sie mich bat, zu ihm zu gehen. Sie schrieb, er habe keine Freunde. Zu Hause war er noch einsamer, denn er hatte die Familie sein Leben lang wie ein Tyrann beherrscht. Er kümmerte sich um ihre Arbeit, um ihren Lebensunterhalt und ihre Zukunft, war aber sehr sparsam mit seiner Zuneigung. Er präsentierte sich seiner Familie wie auf jenem Porträt, das im Salon an der Wand hing: reserviert, hart, gleichgültig. Aber jetzt sei er schwach, schrieb Cay.

Ich glaubte nicht, dass er schwach war. Von Berufs wegen war ich oft zu seinen politischen Ansprachen vor den zentralen Organen der Provinz gegangen. Üblicherweise verkündete er dort einen neuen Beschluss. Dann, einige Monate später, würde er hingehen und den alten Beschluss liquidieren und einen neuen preisen. So ging es jahrelang. Ich fand ihn immer unbeschwert und gleichgültig, wenn er vor den Massen sprach. Manchmal hatte ich das Gefühl, dass er seine Zuhörer verachtete, dies aber zu verbergen suchte. Er hatte es niemals nötig, sein Taschentuch zu ziehen und sich die Tränen abzuwischen, wenn er vom Podium aus zu den Leuten sprach. Er besaß eine starke Selbstbeherrschung und es fiel ihm schwer, eine Träne zu vergießen. Das mochte ich an ihm.

Die Reporter aus Hanoi diskutierten immer noch über meinen Onkel Tuyen. Sie hielten sich jetzt nicht mehr zurück, und man kann sagen, dass sie alle eine scharfe Zunge hatten. Sogar der Fahrer mischte sich ein. Er drückte einen Gedanken aus, den ich oft gehabt hatte.

»Es ist eben so«, sagte er. »Immer hat ein Einzelner Macht über Millionen Menschen. Und wie sie es auch anstellen, sie können es doch noch nicht ändern …«

Der Mann neben mir kicherte. »Die ganze Welt funktioniert so. Wie die Hirschkäfer kämpfen die Menschen aufgebracht gegeneinander, bis einer auf dem Rücken liegt. Ihre Vorstellungen sind erschreckend. So kann irgend so ein Kerl heranwachsen, der es allen zeigen will. Irgendwann will er es krachen lassen, und a le hop[37] … aus ist es.«

Alle lachten laut und amüsierten sich. Der Mann mit den schiefen Zähnen wandte seinen Kopf abermals um. »Glauben Sie, dass es Herrn Tuyen Spaß gemacht hat, all das zu tun?«, fragte er.

»Vielleicht. Er ist schlau genug, um zu wissen, was man tun soll und was nicht.«

»Ich glaube das auch!«, sagte der Fahrer mit halb zurückgewandtem Kopf. Und alle schwiegen, als ginge ihnen etwas durch den Sinn, worüber man nicht spaßen kann.

Cays Wunsch folgend, besuchte ich Onkel Tuyen. Es stellte sich heraus, dass es ziemlich interessant war, mit ihm zu reden, so dass ich öfters hinging und seine Vertraute wurde. Er lobte meine Artikel. Ich aber wollte herausfinden, was sich hinter seinem Anschein von Gleichgültigkeit verbarg. Ich dachte, jetzt hat er ja nichts mehr zu verlieren, nichts mehr zu verstecken. Vielleicht kann ich ihm ein paar direkte Fragen stellen. Und so fragte ich ihn bei jedem Besuch über die Maßnahmen aus, die er getroffen hatte und über die die Leute immer noch so erbittert waren. Aber es gelang mir nicht, ihm irgendeine Erklärung zu entlocken. Meistens hörte er mir ziemlich aufmerksam zu und lächelte nur.

Er fragte mich oft: »Ist es so? Haben sie das wirklich gesagt? Was denkst du?«

»Warum hast du das getan?«

»Aber was hätte ich als Einzelner denn tun können?«

»Vielleicht hättest du die anderen davon abhalten können ...«

»Ich konnte gar nichts tun. Eines Tages wirst du verstehen. Und jetzt lass uns von etwas anderem reden!«

Wir saßen oft auf den marmornen Stufen beieinander, die in den Garten führen. Unsere Gespräche verliefen immer so. Er wollte die Auseinandersetzung mit einer versöhnlichen Note abschließen, was nicht meiner Vorstellung entsprach. Sehr oft beschwichtigte er meinen Hitzkopf mit einem kühlen Lächeln hinter seinem ergrauten Schnurrbart.

»Warum gräbst du Sachen aus, die das Leben komplizierter machen?«

»Aber eines Tages werden die Leute all das erfahren müssen.«

»Ich weiß. Aber wenn dieser Tag kommt, dann werde ich nicht mehr da sein. Sie können mich dann ja nicht aus meinem Grab holen, oder?«

Ich seufzte. Das war nur zu wahr. Er hatte seine Mission erfüllt. In jeder Hinsicht war sein Werk vollendet ... Wer weiß, wie viel schmutzige Wäsche es in jeder Familie gibt, im Leben eines jeden Einzelnen. Wie viel traurige Verwirrung. Wie viel Ungerechtigkeit. Wie viel sinnlose Bosheit dauerte fort bis in den Tod, bis ins Grab. Und was in der Befragung der Alten zutage trat, konnten auch heftige öffentliche Debatten nicht immer gerade rücken.

Als wir im Provinzzentrum ankamen, brach die Nacht herein. Die Reporter gingen zu einer Kneipe, wo es ein billiges Abendessen gab. Sie bestanden darauf, mich zu dem kleinen Fest mitzuschleppen.

Der Mann mit den schiefen Zähnen schaute mich an. »Hier haben wir eine ›Super‹-Reporterin, aber sie fährt ein klappriges Fahrrad, lebt in einem sechs Quadratmeter großen Zimmer, hat keinen Freund, verhält sich mit allzeit ernster Miene so, als bestünde die Welt ausnahmslos aus wichtigen Themen. Ist Ihnen bewusst, dass Sie damit ein hoffnungslos überholtes Modell sind?«

Alle brachen in lautes Gelächter aus und ich konnte nicht anders und lachte mit.

Der Mann mit den schiefen Zähnen fuhr fort, mich zu necken. »Gerade wir sind die Verlierer. Wir sind wirklich machtlos, wir können nicht einmal am Lauf der Dinge kratzen. Und Herr Tuyen? Er genießt alle himmlischen Vorrechte, und seine Kinder erfreuen sich an dem noch lange nachwirkenden Brimborium … Und verglichen mit uns nehmen sie am Ende immer noch einen angemaßten fürstlichen Rang ein …«

Der Fahrer schlug ruhig vor: »Jetzt aber Schluss damit. Das ist nicht zum Lachen.«

Ich verabschiedete mich von den Reportern aus der Hauptstadt und schob das Rad durch enge Gassen. Urplötzlich fühlte ich mich nicht mehr aufgeregt. Ich dachte an Cay und musste zugeben, dass der Mann mit den schiefen Zähnen recht hatte. »Die Kinder erfreuen sich an dem noch lange nachwirkenden Brimborium.« Bis zum heutigen Tag war sie sehr glücklich, sie hatte einen Mann mit einem französischen Pass und war aus Saigon mit ihm hergeflogen … Ich würde niemals so leben können. Jeder Mann fände es abstoßend, wenn er in mein Sechs-Quadratmeter-Zimmer mit dem Einzelbett und dem Bücherregal käme … Er würde diese heruntergekommene Bleibe sehen und in ein vor Einsamkeit und Entbehrung bleiches Gesicht blicken. Ich würde nie das Leben führen können, das ich mir wünschte. Cay genoss in ihrem Leben alles, ohne auch nur einen Tropfen Schweiß zu vergießen.

Ich trat in mein Zimmer, warf die Tasche aufs Bett und setzte mich erschöpft hin, ohne mir auch nur das Gesicht zu waschen. Manchmal muss man plötzlich an sein Schicksal denken und es erfüllt einen mit Selbstmitleid. Vielleicht geht es vielen Leuten so. Solchen, deren Leben unsicher und ohne Beistand ist …

Der junge Mann, der Telefondienst hatte, erschien. Ich sah ihn an: noch eine Seele, deren Leben nichts wert war. Er war groß und spindeldürr, hüstelte ständig und hatte die Tasche voller Zeitungsschnipsel, um sich die Nase abzuwischen. Er litt an chronischer Nasenentzündung. Kein Mädchen hätte einen Heiratsantrag von ihm auch nur in Erwägung gezogen.

»Hallo«, sagte ich, »was gibt's Neues?«

»Sind Sie gerade erst zurückgekommen?«

»In dieser Minute.«

»Am späten Nachmittag hatten Sie einen Anruf. Jemand aus der Stadt. Kennen Sie jemanden dort?«

»Nur flüchtige Bekanntschaften.«

»Sie wollte Sie sprechen. Es war eine Frau namens Cay.«

Ich holte aus meiner Jackentasche ein paar Zigaretten, die ich mir bei einer Kreiskonferenz geschnappt hatte, und gab sie ihm. Er war überglücklich. Der Anruf war vielleicht nicht interessant, die Zigaretten hingegen sehr wohl.

»Oh toll!«, sagte er. »Danke, danke …«

Ich beschloss, ein Bad zu nehmen. Aber aus dem Hahn im Gemeinschaftsbadezimmer kam kein Wasser – nicht ein Tropfen. Ein paar Augenblicke später gingen die Lichter aus. Das Wohnheim der Redaktion war plötzlich wie ein aufgestörter Bienenstock. Mädchen und Frauen stellten ihre Stühle vor die Tür und schnatterten lautstark los. Hunde bellten, Katzen kreischten, Kinder schrien … Und keiner konnte das Gesicht des anderen sehen. Ich dachte, auch eine Szene in der Hölle könnte nicht schlimmer sein als das. Ich hatte es satt. Ich hängte mein Moskitonetz auf und machte mich bettfertig. Und Cay? Zur Hölle mit ihr! Das war nicht meine Welt. Das war eine Welt voller Licht.

Am nächsten Morgen lag ich noch im Bett, als es an der Tür klopfte und eine lange nicht gehörte Stimme meinen

Namen rief. Ich sprang aus dem Bett und warf im Spiegel einen schnellen Blick auf meine Haare. Sonnenlicht flutete durch das Fenster. Ich sah mir ins Gesicht und alle Probleme schienen verschwunden. Ich riss die Tür auf: Cay.

»Hallo, kleine Schwester!«

Cay, meine Cousine. Mein Herz klopfte aufgeregt angesichts ihrer leuchtenden Schönheit. Sie sah noch viel besser aus als zuvor. Sie hatte ihre Gleichgültigkeit und Reserviertheit abgelegt. Ihre Augen umfassten mich mit einem Blick inniger schwesterlicher Liebe.

»Ich habe so lange auf dich gewartet letzte Nacht«, sagte sie, »seit gestern Morgen bin ich zurück.«

»Ich war zu erschöpft, als ich nach Hause kam.«

»Du hast irgendwas. Es ist etwas passiert, nicht wahr? So müde, dass du nicht zu mir kommen konntest, warst du bestimmt nicht.«

Ich konnte nur lächeln. Cay war so nett. Sie hatte die Gabe, stets meine Gemütslage zu erfassen.

»Kannst du deine Sachen aufräumen? Wir haben einen Gast.«

»Wen?«

»Quang.«

»O Gott! Warum hast du ihn hergebracht? Du machst mich krank.«

»Keine Sorge. Ich kenne ihn, es wird gut gehen.«

Zusammen falteten wir das Moskitonetz und klopften die Bettdecke aus. Cay nahm den Staubwedel und fegte damit durchs Zimmer. In der Woche meiner Abwesenheit hatte sich über alles eine dicke Staubschicht gelegt. Cay drängte: »Wasch dir das Gesicht!«

Ich öffnete den Koffer, zog die beste Bluse heraus und rannte zum Badezimmer. Was für ein Glück: Das Wasser lief und auch das Licht war wieder da. Sonnenstrahlen überfluteten den Hof und den Weg hinter dem Haus. Ich nahm ein Bad und ging in ein Nachbarzimmer, um meine Haare zu kämmen. Im Spiegel sah ich vorzeigbar aus. Als ich in mein Zimmer zurückkam, saß Quang bereits da. Seine teure *Honda Cub* hatte er vor dem Hof abgestellt. Mein Herz schien einen Moment stehen zu bleiben, als ich ihn auf dem klapprigen Stuhl sah, auf dem ich immer sitze und meine Artikel über die Probleme unserer Zeit schreibe. Der Stuhl war wurmstichig und wackelig. Cay saß am Fußende meines Betts. Sie winkte mich herein. Quang sprang auf.

»Guten Morgen«, sagte er. »Ich bin Quang. Cay hat mir so viel von dir erzählt. Du siehst genauso aus, wie ich es mir vorgestellt habe.«

Ich schaute ihm in die Augen. Ich hatte noch nie einen Mann mit einer solchen Anziehungskraft getroffen. Ich wandte meinen Blick Cay zu und sah ihr heiteres Lächeln. Es war so, als seien sie füreinander bestimmt. Und ich glaubte in dem Moment, was die Physiologen sagen: dass Liebende einander immer gleichen. Quang sah in mancher Hinsicht aus wie Cay. Ihre Ehe würde glücklich sein. So dachte ich.

Er betrachtete die Einrichtung meines Zimmers ungezwungen, aber eingehend. Es war eben das schäbige Zimmer einer Unverheirateten. Anscheinend hatte er auch selbst einmal in einem solchen Zimmer gewohnt, obwohl ich allein schon an seinem diskret schlichten Anzug erkannte, dass er reich war. Diejenigen, die wirklich reich und sich ihres Reichtums sicher sind, stellen ihn durch ihr Betragen oder ihre Kleidung nicht zur Schau. Seine natürliche Vornehmheit war nicht aufgesetzt. Ich fühlte mich beruhigt, wie er da auf dem alten Stuhl in diesem Zimmer saß, und genierte mich nicht mehr.

»Wie geht es dir, Thao?«

»Du kannst es sehen: So lebe ich.«

»In Frankreich haben wir mehr Bequemlichkeit, aber wir sind insofern schlechter dran, als wir sehr wenig Zeit haben.«

Dabei zeigte er auf das Landschaftsbild, das ich an die Wand gehängt hatte: *Die ewige Ruhe über allem.* Jeden Morgen ließ ich die Gelassenheit auf mich wirken, die das Bild ausstrahlte, und ich konnte eine Träne nicht unterdrücken angesichts der Erhabenheit und Heiligkeit dieses Ortes, zu dem jeder von uns irgendwann aufbrechen wird.

»Ich wette, dass du jeden Morgen dieses Bild betrachtest.«

»Ja.«

»Und dann weinst du, nicht?«

Ich nickte. Wir lachten. Es überraschte mich, dass ich für Quang eine schwesterliche Zuneigung entwickelte. Er kam mir nicht vor wie jemand aus einem anderen Land. An ihm war etwas, das mich an meinen verstorbenen Bruder erinnerte. Dieses Gefühl kam schleichend, aber es war tief. Ich wünschte, er würde mir über den Kopf streichen oder mich umarmen, wie er es mit seiner kleinen Schwester tun würde. Seit langem hatte ich mich einem Menschen nicht mehr so nahe gefühlt.

Dann schob er seinen Motorroller in mein Zimmer und wir gingen aus, um zu frühstücken. Cay und ich nahmen ihn in die Mitte. Auch wenn ich täglich unzählige Menschen traf und mit ihnen redete, so war mir nie ein wirklicher Mann begegnet. In diesem Land hatten die Sorge um das tägliche Essen, der Kampf um die trivialsten Dinge und die nichtige Mittelmäßigkeit der Vergnügungen den Männern ihre Würde genommen. Sie waren schwach und biegsam wie Getreide im Wind. Sie glichen sich den Frauen an, und wo man auch hinkam, traf man stets auf dieselbe Sorte Menschen. Man wurde deren so überdrüssig, dass man schon gar nicht mehr näher hinschaute, ob man es mit einem Mann oder einer Frau zu tun hatte. Seit langer Zeit hatte ich wieder einmal das Gefühl, neben einem Mann zu gehen, mit dem ich ernsthaft reden konnte.

»Warum heiratest du nicht?«, fragte er. »So zu leben ist doch traurig.«

Cay warf mir aus den Augenwinkeln einen Blick zu.

Ich antwortete Quang aufrichtig: »Da gibt es niemanden, der mich liebt.«

»Weil du nie den richtigen Mann getroffen hast, nicht?«

Cay kicherte leise. Quang war nachdenklich. »Manchmal ist es nur ein Gefühl. Du musst alle feindseligen Gefühle ablegen. Nähre keine unnötigen Feindschaften. Alles wird gut sein, wenn du erst einen Lebenspartner hast.«

»Das ist leichter gesagt als getan. Du hast Cay, deshalb kannst du so reden und andere dazu zwingen, auf dich zu hören. Wie könnte ich so sein wie du?«

Er lachte frei heraus und legte den Arm um Cays

Schultern. Wir gingen die Straße hinunter und kamen ins Restaurantviertel. Einmal ergriff er meine Hand, um mich vor einem entgegenkommenden Auto auf den Bürgersteig zurückzuziehen. Ich war aufgekratzt. Gestern Nachmittag im Bus, als der Mann mit den schiefen Zähnen davon sprach, dass die Kinder sich »an dem lange nachwirkenden Brimborium« um Leute wie Onkel Tuyen erfreuten, hatte ich mir Quang ganz anders vorgestellt. In meiner Phantasie hatte ich einen Mann mit einem Schnurrbart vor mir gesehen, der lässig eine Gitarre hielt und mit heiserer Stimme sang, die Augen selbstverliebt geschlossen. Er würde mit den Fingern nach einem Cyclo schnalzen und sich nicht einmal die Mühe machen, den Fahrer anzuschauen, er würde sich cool in Szene setzen und ausprobieren, wie sein Charme auf Frauen wirkte … Ich weiß nicht, warum, aber ich hatte mir Quang ausgemalt wie einen jener gerade in Mode gekommenen Musiker oder Sänger, die ich oft im Fernsehen sah.

»Zu was für einem Frühstück wollen wir Quang einladen?«, fragte mich Cay.

»Was magst du am liebsten?«

»Als ich klein war, lebte ich im Süden, und seit wir in Frankreich sind, kocht mir meine Mutter, wenn ich zu Hause bin, immer südliche Gerichte – saure Shrimps mit gekochtem Schweinefleisch, rohes Gemüse und Kräuter, knusprig gebackene Nudeln, gemahlene, in Zuckerrohr geröstete Garnelen und weiche Krabben in Sesamreispapier …«

»Monsieur, Sie machen mir den Mund wässrig.«

»Ich hatte selten Gelegenheit, Gerichte aus dem Norden zu probieren. Ladet mich doch zu etwas ein, was wirklich deliziös ist. Okay?«

»Cay, lass uns zur dicken Frau Tu gehen und *bun thang*[38] essen«, schlug ich vor.

»Sehr gut. Das hatte ich schon ewig nicht mehr.«

Frau Tu hatte ein kleines Restaurant am Ende einer engen, von Banyanbäumen gesäumten Gasse. Obwohl der Laden etwas schäbig aussah, waren die Nudelgerichte gut. Frau Tu sah Cay kommen und kam heraus, um sie zu begrüßen. »Hallo, junge Frau!«, sagte sie. »Ich habe gehört, Sie sind schon vor längerer Zeit in den Süden gegangen.«

»Ja, und jetzt bin ich gerade zurückgekehrt. Dies ist mein Freund Quang, der aus Frankreich kommt. Er möchte Ihre Nudelgerichte probieren.«

»Ich fühle mich geehrt. Bitte kommen Sie doch herein und setzen Sie sich an diesen Tisch, wo es kühl ist. Kien! Bring drei chinesische Schüsseln her …«

Quang schien angenehm berührt. Er lehnte sich bequem an den Stamm eines Banyanbaums. Ich sah das Lächeln in Cays Augenwinkeln.

»Die Besitzerin ist begeistert, Quang«, sagte sie, »weil sie einen Gast aus dem Ausland hat.«

Quangs Lächeln war eher traurig. »Gut, ich bin französischer Staatsbürger, aber in Frankreich betrachtet man mich als Ausländer. Und hier in Vietnam denken die Leute auch, ich sei Ausländer, obwohl ich einen vietnamesischen Pass habe. Wie soll ich darüber glücklich sein?«

»Dann musst du dahin zurück, wo du geboren bist.«

»Leider weiß ich nicht, wo ich geboren bin. Ich

möchte ja auch gerne dorthin zurück. Ich fühle mich in Frankreich nicht heimisch, nicht heimisch in Vietnam, nicht heimisch in der Gemeinschaft. Manchmal fühle ich mich nicht einmal in meiner Familie heimisch.«

Es sah so aus, als hätten Cay und Quang schon oft über dieses Thema gesprochen. Quang redete mit weicher, ein wenig wehmütiger Stimme. Ich wusste nicht genau, was es damit auf sich hatte, also schwieg ich, während sie miteinander flüsterten.

Quang wandte sich mir zu. »Ich vergaß, dir zu erzählen, Thao«, sagte er, »meine Eltern waren auch aus dem Norden, aber sie sind beide gestorben. Meine Pflegemutter brachte mich nach Saigon, nach Frankreich gingen wir erst 1970.«

»Ich weiß das alles, Cay hat es mir vor kurzem geschrieben.«

Cay stand auf und ging zu Frau Tu, die dabei war, die Nudeln zu kochen. Quangs Blicke folgten ihr.

»Es ist eine traurige Geschichte, nicht wahr?«

»Ja«, sagte ich. »Aber du kannst froh sein, dass du in Frankreich lebst.«

»Ja, aber ich bin nicht sehr glücklich. Da ist irgendwas, was mich immer dazu drängt, heimzukehren. Ich sage dir, wie es ist. Ich dramatisiere nichts …«

»Ich verstehe.«

»Ich fürchte, das ist nicht so leicht zu verstehen. Ich weiß nicht, warum ich mich in Frankreich nicht wohlfühle. Ich habe einen Job und ich verdiene Geld, aber ich bin nicht im Frieden mit mir selbst. Es ist nur ein Gefühl, aber du weißt ja, dass manchmal eine triviale Sache ausreicht, um einem Appetit und Schlaf zu rauben.«

»Ja. Manchmal ist es so.«

»Nach der Hochzeit wollen wir in Saigon wohnen.«

»Und deine Pflegemutter?«

»Ich will sie herholen. Sie hält es nicht aus, weit entfernt von mir zu leben. Was denkst du?«

»Ich meine, es wäre besser, nicht hierher zurückzukommen. Dieses Land ist voller Traurigkeit. Es geht uns zwar materiell immer besser, aber es gibt so viel Verwirrung und Ungewissheit, und das wird noch lange so bleiben. Ich sage dir ehrlich, du wirst damit kaum zurechtkommen. Wenn ihr erst mal verheiratet seid, wirst du überall deinen Frieden finden, egal, wo du lebst.«

»Das stimmt vielleicht. Hier ist ein Foto meiner leiblichen Mutter, das meine Pflegemutter für mich aufbewahren konnte.«

Er öffnete seine Brieftasche und gab mir ein altes 6x9-Foto. Es war immer noch in gutem Zustand, auch wenn man sofort sah, dass es vor langer Zeit aufgenommen worden war. Ich konzentrierte meinen Blick auf das Gesicht der Frau auf dem Bild. Es war ein vornehmes Gesicht, auffallend schön. Unvermutet fühlte ich mich unruhig, vielleicht wegen dieses stolzen Gesichtsausdrucks. Auf der Rückseite des Fotos war trotz verblasster Schrift noch zu lesen: »Mein lieber Ti, behalte dieses Foto, so dass du deine Mutter erkennen kannst. Liebe die Mutter Han so, wie du mich liebst. Lang Sam, 1953.«

»Warum nennt sie dich Ti?«

»Das war mein Spitzname als Kind, weil ich im Jahr Ti[39] geboren wurde. In Saigon änderte meine Pflegemutter meinen Namen erst, als ich im Schulalter war, aber zu Hause nannte sie mich auch weiterhin Ti.«

Frau Tu brachte ein Tablett mit drei Schüsseln schneeweißer Nudeln. Cay folgte ihr mit einem Teller Zitronenstreifen und Chilischoten.

Frau Tu sagte freundlich: »Ich habe einen ausländischen Gast, also habe ich alles eigenhändig zubereitet. Es ist schon lange her, dass ich selbst gekocht habe. Normalerweise gebe ich in der Küche nur Anweisungen.«

»Bitte nennen Sie mich nicht einen ausländischen Gast. Ich bin zu hundert Prozent Vietnamese.«

»Aber Sie sind französischer Staatsbürger. Sie sind kein Vietnamese mehr. Leute wie Sie tragen den französischen Pass zu Recht. Vietnamesen sehen hungrig und ungepflegt aus. Wegen des harten Lebens, Sie wissen ja. Sie und die beiden jungen Damen sollten jetzt ein wenig Zitronensaft in Ihre Nudeln gießen. Toll, ein Franzose ...«

Ich sah, wie Quang traurig wurde, als Frau Tu so unverblümt ihre Gedanken äußerte. Cay sah es auch. Sie mischte sich ein: »Verraten Sie uns das Geheimnis Ihres berühmten Gerichts.«

Frau Tu zog einen Stuhl heran, setzte sich und schaute uns beim Essen zu. Sie hatte ein breites Lächeln aufgesetzt. »Es ist köstlich, nicht? Wenn ich selbst koche, hat sich noch niemand beschwert. Sie müssen eine bestimmte Sorte von Kapaun auftreiben, er muss mindestens drei Kilo wiegen. Wenn Sie ihn gekocht haben, müssen Sie ihn herausnehmen und mit einem Zahnstocher die Flügel durchstoßen, damit das darin eingeschlossene Wasser herausfließen kann. So kann der Hahn schnell trocken werden. Auf diese Weise wird das Fleisch nicht in kleine Stücke zerfallen, wenn Sie es zerhacken.«

»Und die Brühe?«

»Sie müssen das Wasser nehmen, in dem der Vogel gekocht wurde. Dann fügen Sie Garnelen hinzu und Schweineknochen – am besten Haxen –, Hühnerknochen, Pilze, Fischsoße, Glutamat, in Hühnerfett geröstete Zwiebel … Es ist wirklich eine Kunst, alles richtig zu machen, wissen Sie. Was die Zutaten angeht, die man in die Schüssel gibt, so müssen Sie auf die Farben und auf den Geruch achten. Alles muss sowohl dem Gaumen als auch dem Auge gefallen. Dünn geschnittene gekochte Eier, zerkleinerte Wurst, eingelegte Zuckerrüben, fein gemahlene Garnelen, Stücke und feine Scheiben entbeinten Hühnerfleischs werden nebeneinander dekoriert. Dann müssen Sie Pfeffer und Chili in die Fischsoße einrühren … Können Sie all die verschiedenen Geschmacksnuancen erkennen?«

»Es ist erstklassig. Niemand in Saigon bereitet so köstliche Speisen zu wie Sie.«

»Es gibt schon einige, die dieses Gericht zubereiten können, aber Sie müssen bedenken, dass die Gewürze aus anderen Gegenden sich nicht immer für diese Art von Nudelsuppe eignen. Sie müssen aus dem Norden stammen. Der Geschmack des Gemüses und der Duft der Kräuter dieser Region sind besonders köstlich. Das können Sie nirgendwo anders bekommen.«

Frau Tu blieb an unserem Tisch sitzen, bis wir gegessen hatten. Sie lächelte zufrieden, als Quang den letzten Löffel Brühe geleert hatte.

»Sie wissen dieses Gericht wirklich zu genießen, Sie lassen sich keinen Tropfen entgehen«, sagte sie zu ihm. »Wenn Sie auch nur einen Löffel voll zurücklassen würden, dann wäre das ein Affront gegen die Kunst der Köchin, nicht wahr?«

Sie begleitete uns bis auf die Straße und lud uns mehrmals ein wiederzukommen. Wir gingen zu dem breiten Fluss hinunter, an dem die Stadt liegt. Unvermittelt wandte sich Cay zu Quang und fragte: »Warum versuchst du nicht, das Dorf Sam zu finden?«

»Ich muss erst nach Frankreich zurück und meine Mutter nach mehr Einzelheiten fragen. Sie hat mir nie gesagt, wo das Dorf liegt. Sie sagt, dort würde niemand mehr leben. Alle seien inzwischen gestorben. Und somit gebe es niemanden, der weiß, wer ich bin. Jedes Mal, wenn ich darauf zu sprechen kam, schien sie panische Angst zu haben.«

Wir standen am Uferdamm. Eine Brise wehte über den Fluss herüber. Von da, wo wir standen, konnten wir die ganze Stadt überblicken. Die Gebäudekomplexe wirkten wie sich drängelnde, einander vorwärtsschiebende Menschengruppen. Es war deutlich erkennbar, dass hier kein wohlüberlegter Bauplan zugrunde lag. Aber der Gesamteindruck war schön, da gab es einen Hafen, da waren Fabriken und ausgedehnte Märkte, die im letzten Jahr überall zu wachsen begonnen hatten.

Quang blinzelte. »Der Norden ist so schön«, sagte er. »Ich habe noch nie einen Ort von so großer natürlicher Schönheit gesehen wie hier.«

»Du bist voreingenommen!«

»Nein, ich sage die Wahrheit. In anderen Ländern gibt es zu viel Stahl und Beton, zu viele Autos und zu viele Abgase. Unser Land hat immer noch etwas Ursprüngliches und Unberührtes.«

»Und unsere Mägen sind auch noch unverdorben!«

Quang gab mir einen kleinen Klaps auf den Kopf. Wir hielten uns an den Händen und rannten den Abhang hinunter bis zum sandigen Ufer des Flusses. Abgesehen von Quangs Unruhe wegen seines Geburtsortes und jener unerklärlichen Kraft, die ihn in dieses Land Vietnam zurücktrieb, und außer einer gewissen Sorge, die in meiner Seele wohnte, waren wir von Freude erfüllt. Wir waren jung und hatten noch so viel vor. Was sich vor unseren Augen eröffnete, war heller und angenehmer, nicht so bedrückend und düster wie die Vergangenheit. Und vielleicht kann Frau Tus Rezept für Reisnudelsuppe ein bisschen dazu beitragen, die Verwicklungen im Herzen der Menschen zu lösen …

»Hast du Onkel Tuyen getroffen?«, fragte ich Quang.

»Noch nicht.«

»Warum nicht?«

Cousine Cay lehnte ihren Kopf an seine Schulter und sagte: »Er ist nach Hanoi gefahren, um seinen ältesten Bruder abzuholen, meinen Onkel Ca. Als wir gestern Morgen nach Hause kamen, war er gerade aufgebrochen. Vielleicht sehen wir ihn heute Abend.«

»Und ich bin deshalb sehr nervös, Cay!«

»Beruhige dich, er wird dich sofort gernhaben, du wirst sehen.«

»Ich kann mir nicht vorstellen, wie es sein wird, mit einem so großen Politiker wie deinem Vater zu reden.«

»Er ist kein Politiker mehr, er war einer. Sonst würden ja alle Alten alles Mögliche verlangen können«, äußerte Cay recht nachdenklich. »Jetzt ist er nur noch ein alter Mann im Ruhestand, der ein neues Leben anfangen muss.«

Wir verabschiedeten uns, nachdem wir uns für den Abend verabredet hatten. Ich ging in mein leeres Zimmer zurück und saß da, müde, traurig und voll träumerischer Hoffnungen. Wenn man lieben will, dann sollte man jemanden finden wie Cays jungen Mann. Das ist nicht so einfach, nicht wahr?

* * *

Ich fuhr mit meinem Fahrrad zur großen Villa, bevor die Straßenlampen angingen. Im Innenhof fand ich das kleine Auto, das meinem Onkel auch im Ruhestand noch zur Verfügung stand, wenn er eine größere Fahrt unternehmen musste. Die erste Person, der ich in die Arme lief, war Cay.

Sie flüsterte mir ins Ohr: »Der Alte schien irritiert beim Anblick seines künftigen Schwiegersohns.«

»Wirklich?«

»Ich weiß nicht, ob er sich freut oder ob ihn was stört.«

»Ich bin sicher, dass er sich freut. Wer würde sich nicht einen Schwiegersohn wie Quang wünschen, was könnte man denn mehr wollen?«

Der ganze Clan war versammelt. Ich trat ein und begrüßte Onkel Ca. Er war achtzig Jahre alt und hatte einen silberweißen Bart. Vor langer Zeit hatte er die Position eines Mandarins oder hohen Beamten bekleidet, und noch immer pflegte er dieses achtunggebietende Auftreten eines Mannes, der es gewohnt war, Anweisungen zu geben. Onkel Tuyen winkte mich zu sich. Er wirkte besorgt, nicht so gelassen wie sonst, wenn ich ihn besuchte. Er fragte mich nach der Sache im Kreis V. Ich erzählte ihm die Geschichte von dem Kerl, der seinen Vater getötet hatte. Er hörte mir aufmerksam zu, aber seine Blicke konzentrierten sich auf Quang.

Der Salon im Erdgeschoss war mit Wandteppichen aus verschiedenen Ländern geschmückt, die Onkel Tuyen besucht hatte. Ein riesiger persischer Gobelin, dessen Bilder eine alte Legende zeigten, hing in der Mitte des Raums und schuf eine festliche Atmosphäre. Die Tische waren zu einer langen Tafel zusammengestellt und mit einem weißen Tischtuch bedeckt. Onkel Tuyens Frau hatte das Festmahl beim Hotel schräg gegenüber bestellt. Zwei Kellnerinnen in der Dienstkleidung des Hotels waren zur Bedienung der Gäste gekommen. Onkel Tuyens Frau trug einen langen weißen, mit blauen Blumen bestickten *ao dai*. Sie hatte immer noch diese auffällig-eleganten Manieren einer großen Dame in einer entlegenen Provinzstadt, die wirklich nicht zu einer Sechzigjährigen passten. Deshalb wirkte sie ein wenig deplatziert zwischen den Kindern, Neffen und Nichten in bequemer Alltagskleidung. Sie kam lächelnd auf mich zu.

»Es ist ja so lange her, dass du hier warst. Wie findest du das alles? Wir haben hier mächtig viel Platz, ich habe die Speisen bestellt und liefern lassen – so ist es familiär.«

»Es ist alles perfekt!«, antwortete ich.

Sie wollte noch mehr sagen, aber ich wandte mich ab. Ich mag Frauen »mit drei Generationen einwandfreier Herkunft« nicht, die als revolutionär gelten wollen und sich dabei doch als hochmütigste Klasse der Welt entpuppen. Mich schien sie zu respektieren, weil sie wusste, dass ich auf ihre Besitztümer überhaupt nichts gab. Ich war nie zu einem Essen hergekommen und ich hatte niemals zugelassen, auch nur im Geringsten abhängig zu sein von dem gewaltigen Reichtum, der wie Regen vom Himmel auf dieses Haus zu fallen schien. Ich fand es bemerkenswert, dass Cay keinerlei Charaktermerkmale von ihr geerbt hatte. Es war, als seien sie von verschiedenem Blut.

Erwartungsvoll strömten die Leute in den Festsaal, alles Verwandte aus der Stadt. Die alten Leute saßen beieinander. Die Jungen gingen aus und ein. Onkel Ca saß mittendrin. Quang kam vom Hof herein, bahnte sich den Weg zu Onkel Ca, faltete seine Hände und verneigte sich bis zur Erde. Dann wandte er sich Onkel Tuyen zu und machte dieselbe tiefe Verbeugung nach alter Sitte. Alle lachten verwundert auf. Onkel Ca schien Quangs Verhalten zu mögen.

»Warum lacht ihr?«, fragte er. »Die Vietnamesen sollten solche alten Höflichkeitsformen beachten. Unser Volk war lange Jahre hindurch zu sehr mit der Revolution beschäftigt, um an diese Traditionen zu denken. Da muss erst einer aus dem Ausland kommen, der diese Bräuche bewahrt hat. Sehr tüchtig, mein Sohn!«

»Ja, wir Vietnamesen, die wir im Ausland leben, müssen unsere kulturellen Traditionen pflegen, denn sonst verlieren wir sie. Wir sind nicht wie die Europäer, die zu erobern gewöhnt sind und ihre eigene Lebensweise überall einführen, wo immer sie hinkommen.«

Ich saß nahe bei ihnen, so konnte ich ihr Gespräch klar verstehen. Onkel Ca hörte aufmerksam zu. Er hatte sich in seinem Stuhl vorgebeugt. Er kümmerte sich nicht um sein Alter, versuchte immer an allem teilzuhaben, was das Leben bot. Onkel Tuyen saß auf der anderen Seite des Tisches, seinem künftigen Schwiegersohn gegenüber. Er war ein Mensch, der selten seine Gefühle äußerte, aber an diesem Abend war er zutiefst aufgewühlt. Seit dem Augenblick, in dem Quang den Raum betreten hatte, zitterten seine Hände. Mir fiel das auf, weil er eine Pfeife rauchte und immer wieder versuchte, sie still zu halten. Aufmerksam beobachtete er Quang bei seinem Gespräch mit Onkel Ca, sein Gesicht zeigte eine gewisse Verwirrung, ja sogar Panik, die er kaum verbergen konnte. Ich dachte, dass es mit Cay zusammenhing und seiner Liebe zu ihr, dass er etwas mehr über seinen Schwiegersohn erfahren wollte, um sich zu beruhigen.

Die Feier war großartig. Ich hatte selten so gut gegessen und einige Speisen kannte ich überhaupt nicht. Der Raum war voller Erwartung, vielleicht deshalb, weil jeder spüren konnte, wie glücklich Cay war. Ihre Schönheit war von hellem Glanz, ihre tiefschwarzen Augen wie funkelndes Wasser. Sie schaute nach rechts und nach links, sie erhob ihr Glas, um allen Leuten zuzuprosten. Die Augen zusammengekniffen, das Kinn in die Hände gestützt, betrachtete Quang Cay. Das war eigentlich keine außergewöhnliche Pose, deshalb verstand ich nicht, warum Onkel Ca ihn wie hypnotisiert anstarrte. Seine Hand, die gerade eine Gabel mit einem Stück Fleischpastete hielt, fing leise an zu zittern. Dann lehnte er sich zurück und versank für den Rest des Mahls in tiefe Gedanken. Immer wenn Quang ihn ansprach, antwortete er nur einsilbig. Er schaute ihn auch nicht mehr an. Stattdessen richtete er seinen Blick auf den indischen Wandteppich und die eingewebten

Geliebten Krishnas, die die Kühe hüteten. Ich verspürte eine gewisse Unruhe.

Nach dem Essen zogen sich Onkel Ca und Onkel Tuyen nach oben zurück, um sich auszuruhen. Die älteren Gäste gingen nach und nach. Als Quang sich von ihnen verabschiedete, faltete er wieder die Hände und verbeugte sich vor jedem von ihnen, brachte sie so zu einem gerührten Lächeln. Die jungen Leute blieben noch ein bisschen. Quang nahm die Gitarre zur Hand und setzte sich zu ihnen. Cay, ich und einige andere umringten ihn. Er war leicht beschwipst und, wie ich fand, auch entspannter.

Er stimmte die Saiten und sagte, mir zugewandt: »Im Ausland habe ich mir vorgestellt, dass die Menschen im Norden sehr arm sind, so sehr darauf konzentriert, ihr Leben zu meistern, dass sie an nichts anderes denken. Aber jetzt sehe ich, dass das nicht stimmt. Ich kann mich wirklich … mit euch verständigen, mit dir, mit Cay und all den anderen. Und wenn das Leben auch nicht ohne Probleme ist, so ist es doch gut. Einen Lebensstandard wie diesen wird man sogar in Frankreich selten finden.«

Ich lachte. »Onkel Tuyen ist nicht irgendwer«, sagte ich, »er war ein hohes Tier. Davon gibt es nicht viele.«

Quang legte den Arm um Cays Schulter. »Als ich dich zum ersten Mal traf, hätte ich nie gedacht, dass du eine Prinzessin bist.«

»Was hättest du schon mit einer Prinzessin anfangen können«, sagte sie zu ihm. »Gerade weil ich immer so bin wie an jenem Tag, magst du mich, nicht wahr?«

Dann sang Quang einige lustige Lieder, darunter ein französisches, bei dem er die Worte, die er vergessen hatte, durch »la, la, la« ersetzte, was alle zum Lachen brachte. Dann erzählte er uns von seinen ersten Tagen in dem fremden Land, Tagen der Entbehrungen, der Peinlichkeiten, der Einsamkeit. Er musste alles tun, um unter diesen Fremden seinen Platz zu finden. Und es sollte ja eine würdige, eine anständige Position sein, niemand sollte auf ihn herabsehen können. Das Leben war viel härter als zu Hause …

Während ich ihm zuhörte, blätterte ich still in dem kleinen Taschenalbum mit Fotos, das er bei sich trug. Es gab einige Bilder von hübschen jungen Mädchen, die lächelnd neben ihm standen, der Rest waren Bilder von seiner Adoptivmutter. Sie war eine weißhaarige Dame, die einen *ao dai* trug. Ich sah, dass sie auch in einer eleganten Umgebung immer noch wie eine rechtschaffene Frau einfacher Herkunft aussah. Auf den Fotos mit Quang trug sie oft einen schwarzen *ao dai* mit gestickten Blumen auf der Vorderseite. Es gab auch Bilder vom Hof gegenüber ihrem kleinen Haus. Vor der Tür stand ein Teetisch, der mit einem wunderschönen blauen Tuch gedeckt war. Auch wenn sie wohlhabend waren, so schienen sie doch ein friedliches, einfaches Leben zu führen. Es war ein sehr schönes Haus.

Da erschien Onkel Tuyen in dem Fenster, das auf die Galerie ging. Nur ich bemerkte ihn, weil alle Quang beim Singen zuhörten oder sich gegenseitig neckten. Onkel Tuyen winkte mir zu. Ich stand auf und ging hinaus.

»Meine Frau sagte mir, dass Quang ein Bild seiner richtigen Mutter hat. Stimmt das?«, fragte er.

»Ja, Onkel.«

»Geh und bring es mir.«

Ich ging zurück in den Salon. Das Bild von Quangs leiblicher Mutter war auf der ersten Seite des Albums eingesteckt. Ich nahm das ganze Album und brachte es Onkel Tuyen. Er sagte, er wolle es mitnehmen, um es sich genau anzuschauen. Ich verstand nicht so richtig, aber ich fühlte, dass da etwas Beunruhigendes war.

Etwa eine halbe Stunde später erschien Onkel Tuyen wieder am Fenster und winkte mir erneut zu. »Komm her zu mir, ich habe dir etwas zu sagen.«

Ich folgte ihm. Er schien kleiner geworden. Als wir die Treppe hinaufstiegen, beugte er sich außer Atem vor, als wolle er sich mit den Händen auf den steil ansteigenden Stufen abstützen.

»Was ist los, Onkel?«, fragte ich.

Er machte eine Geste, wie um zu sagen »Still!«, und zeigte mit dem Finger auf den Salon, wo die jungen Leute lärmten und lachten. Als wir in seinem Schlafzimmer ankamen, war seine Stirn nass geschwitzt. Ich nahm schnell irgendeinen Lappen, um ihm die rinnenden Schweißtropfen abzuwischen. Seine Stirn war eiskalt. Er saß am Fußende des Bettes und sah aus wie ein Bettler, dem gerade ein Taschendieb die letzten paar Groschen geklaut hat. Als ich ihn so sah, musste ich fast weinen.

»Was ist, Onkel? Du machst mir Angst!«

Er schaute mich nicht an. Stattdessen starrten seine Augen auf die leere Wand vor ihm. Er sagte: »Du bist ein gutes Mädchen. Ich habe dich stets geschätzt. Deshalb muss ich es dir sagen. Du musst sie aufhalten, sofort. Lass sie nicht weitermachen. Es reicht. Sie dürfen nicht mehr miteinander schlafen.«

Ich war zutiefst erschrocken. Er zeigte nach unten. Das fröhliche Lachen schallte bis hier herauf. Ich verstand. Mit »sie« meinte er Quang und Cay.

»Er ist Ti. Ich habe ihn verlassen. Der Himmel hat ihn geschickt, um mich zu strafen. Er schläft schon seit Monaten in Saigon mit seiner Schwester. So leben eben die jungen Leute heutzutage. Sie schlafen miteinander, ehe sie heiraten. Allein an der Art, wie sie einander anschauen, erkenne ich, dass sie schon miteinander geschlafen haben. Der Himmel hat ihn zurückgeschickt, mich zu strafen ...«

Ich schluchzte laut. »Sie irren sich, armer Onkel!«[40]

»Wie kann ich mich irren? Er ist der Junge, den man Ti nannte und der in dem Dorf Sam geboren ist. Seine Tante Han nahm ihn mit sich. Ich weiß das alles. Ich konnte damals nichts machen. Es war meine Schuld. Als ich ihn hier zum ersten Mal sah, hatte ich eine Vorahnung. Ich verspürte einen Stich ins Herz, und ich wusste nicht, warum ...«

Er schaukelte vor und zurück, sprach wie im Delirium, als ob ein qualvoller Schmerz seinen Körper durchbohrte. In hilfloser Angst rannte ich weg, Onkel Ca zu holen. Es stellte sich heraus, dass Onkel Ca auch nicht schlief. Er machte eine Bewegung mit der Hand – er wusste schon alles – und folgte mir zu Onkel Tuyens Zimmer. Der drückte krampfhaft ein Kissen an sich. Ich gab ihm Wasser und rieb seine Hände und Füße mit Heilkräuteröl ein. Ich wollte gerade seine Frau rufen, da packte er wie in Panik meinen Arm. »Kein Wort! Kein Wort zu niemandem ... Zu niemandem!«

Ich nickte.

Onkel Ca sagte resigniert: »Das ist Schicksal, so sollte es geschehen. Was kannst du machen? Schicke Ti weg, und dann ist es vorbei. Während des Essens hat es mich überrascht, wie er dasaß, ich war wie vom Blitz getroffen. Er sah fast aus wie du damals in Hanoi als Student. Eine unglaubliche Ähnlichkeit. Das ist Schicksal. Aber es ist ja noch leidlich gut gegangen.«

Von unten ertönte wieder Lachen, das Lachen unbeschwerter Menschen, die nicht wussten, dass ihre Jugend vergiftet, vernichtet war. Ich war entsetzt.

* * *

Eigentlich gibt es nichts wirklich Schreckliches in einem Land, das nichts als Entwurzelung, Krieg und Not erlebt hat. Ich hatte immer geglaubt, die Geschichte von der »Steinernen Frau, die auf die Rückkehr ihres Mannes wartet«[41], hätten sich die Leute in alten Zeiten ausgedacht. Ich fand es nicht richtig zu glauben, die Hoffnungen der Menschen seien sinnlos angesichts der ehernen Herrschaft des Schicksals, und darüber zu lamentieren, dass der herzzerreißende Zustand der Welt unabänderlich sei. Aber wer hätte gedacht, dass solch ein Unglück Onkel Tuyens Familie treffen würde? Doch jede Zeit bringt ihre eigenen Tragödien hervor.

Mein Großvater väterlicherseits stammte aus dem Dorf Sam. Als er alt war, gab er seine Position als Mandarin am Hof von Hue auf und brachte meine Großmutter, eine echte Hueerin, dorthin zurück, um ein neues Leben zu beginnen. Als ich aufwuchs, habe ich nie jemanden von dem Dorf Sam reden hören. Man nannte es immer die Kooperative Quyet Tien – das Dorf »Vorwärts marschieren«. Der schöne ursprüngliche Name Sam war versunken, verloren in den mächtigen Gezeitenwellen der Revolution. Er blitzte nur noch in der Erinnerung der Alten auf.

Onkel Tuyen machte das Abitur in der Provinz und arbeitete dann bei der Eisenbahn. Mein Großvater verheiratete ihn mit einer jungen Dame aus einer der vornehmsten Familien der Provinz. Sie war so schön, dass sie auf dem Land, wohin sie gekommen war, um mit ihrer neuen Familie zu leben, kaum auszugehen wagte. Ihre Schönheit brachte die Pächter um ihren Schlaf und ihren Appetit.

Mein Großvater ist schon vor langem gestorben, und zwei Jahre nach Onkel Tuyens Hochzeit starb auch meine Großmutter. Das Erbe eines ehrenwerten Mandarins war nicht sehr groß – ein paar Felder zum Verpachten, eine ausgedehnte Teeplantage, für deren Ernte sie Pflücker engagieren mussten, und ein ziegelgedecktes Haus –, aber im Vergleich mit der Armut auf dem Land zu jener Zeit schien das alles sehr groß, sehr komfortabel, ja unangemessen. Onkel Tuyen erbte das Anwesen, weil Onkel Ca seiner Tochter nach Hanoi gefolgt war. Meine Eltern blieben ebenfalls auf dem Land. Tag für Tag ging mein Vater in die Kreisstadt, um an der dortigen Schule zu unterrichten. Meine Mutter eröffnete einen kleinen Teeladen, um meinen älteren Bruder zur Schule schicken zu können. Nach dem Tod ihrer Schwiegermutter legte Onkel Tuyens Frau den *ao dai*, die Halsketten und Armreifen ab, steckte ihr Haar in einem Knoten hoch, griff sich einen Korb und ging Tee pflücken. Die Frauen waren neidisch, wenn sie sie sahen: Warum ist die denn so schön? Warum hat sie einen so hellen Teint? Wahrscheinlich hatte sie auch noch nie Blutegel an ihren Füßen![42]

Die Tratschereien der Frauen drangen ihr wie Kratzer unter die gepflegte Haut. Sie schwieg und fuhr fort, in der Teeplantage zu arbeiten. In dieser Zeit war es nicht mehr erlaubt, Lohnarbeiter zu beschäftigen. Die Teeplantage war groß, so weit das Auge reichte, und Onkel Tuyens Frau war mit Ti schwanger.

Schon zu Beginn jenes Jahres konnte Onkel Tuyen, der in die Verwaltung der Provinz eingetreten war, aus der Ferne den Todesgeruch wahrnehmen, der in die politische Atmosphäre auf dem Land eindrang. Er schrieb einen Brief an seine Frau, in dem er ihr riet, zu warten und sich nicht zu sorgen, denn er würde zurückkommen, sobald sich alles beruhigt hätte. Seine Frau weinte bitterlich, denn sie war schwanger und musste doch die ganze Arbeit auf sich nehmen. Glücklicherweise lebten meine Eltern damals noch in der Nähe.

Aber niemand konnte etwas tun, wenn Nacht für Nacht Partisanen beim Haus meines Großvaters auftauchten, ihre Gewehre entsicherten und auf die Bewohner richteten. Und Onkel Tuyen verschwand spurlos in den kochenden Wirbeln der Politik jener Zeit.

Am Ende des Jahres gebar seine Frau einen Sohn, Quang, den sie Ti nannte. Als er gerade drei Monate alt war, erkrankte seine Mutter an einer schweren Tuberkulose. Zu dieser Zeit war sie schon des Hauses verwiesen worden und musste in der Reiskammer unterkriechen, einem Schuppen hinten im Garten.[43] Hustenanfälle erschöpften sie, ließen ihre Kräfte schwinden. Meine Eltern wurden ständig kontrolliert und konnten deshalb ihrer armen Schwägerin nicht beistehen. Eines Nachts schlich sich meine Mutter in den Garten, um Onkel Tuyens Frau eine Handvoll Reis zu bringen. Aus dem Gras tauchte eine Hand auf, packte ihren Fuß und riss sie nach hinten, so dass sie auf einen der Holzhaufen fiel, die dort lagen, seit der Garten zerstört, die Bäume gefällt worden waren. Die Reiskörner spritzten in alle Richtungen und verschwanden im Gras. Meine Mutter wurde zwei Wochen lang in ein dunkles Verlies gesperrt. Man beschuldigte sie der Beteiligung an einer Verschwörung, weil sie das Vermögen eines »Volksfeindes« habe verstecken wollen. In ihrer Verzweiflung, ihrem Hunger und ihrer Sorge um das Kind, das die ganze Nacht nach Milch schrie, erinnerte Tuyens Frau sich an Han, eine entfernte Verwandte, die allein lebte und ihr Geld als Händlerin in der Kreisstadt verdiente. Sie schickte ihr eine Nachricht. Han musste viele Tränen fließen lassen, bis sie ihre Verwandte besuchen durfte. Ihr vertraute Tuyens Frau Ti an. »Nimm ihn mit! Bring ihn ganz weit weg und rette sein Leben!«

Tuyens Frau war es gelungen, ein Halsband aus purem Gold zu verstecken, das ihre Eltern ihr als Mitgift gegeben hatten. Han nahm das Halsband und begann zu weinen. »Oh, Cousine! Wie kann ich das tun?«

»Du musst! Warte bis Mitternacht, bring das Kind auf dem kürzesten Weg zum Fluss und von da aus zur Anlegestelle nahe dem Markt des Landkreises. Dann bring das Baby nach Hanoi. Von da aus kannst du es irgendwohin mitnehmen, wo du es leichter aufziehen kannst.«

»Oh, Cousine! Das kann ich nicht!«

»Du musst mir helfen. Wenn ich nicht so krank wäre, wäre ich längst geflohen. Hier ist ein Foto von mir, das einige Tage vor meiner Hochzeit aufgenommen wurde. Bewahre es für ihn auf, damit er sehen kann, wer seine Mutter ist. Sag ihm, sein Vater sei tot. Lass ihn nie mehr hierher zurückkehren. Wenn er je ins Dorf Sam zurückkommt, wird ihm etwas Schreckliches zustoßen. Versprich mir …«

»Ja, ich verspreche es!«

»Je weiter du ihn wegbringst, umso besser. Verrate ihm nicht den Weg hierher in das Dorf Sam, verstehst du? Wenn ich tot bin, wird mein Geist über dich wachen und über meinen Sohn. Von jetzt an musst du ihn *deinen* Sohn nennen …«

Der Abschied zwischen Leben und Tod fand in einer dunklen, regnerischen Nacht statt, als die Kälte durch Mark und Bein drang. Der Hunger sorgte dafür, dass das Kind nicht einmal schrie. Han nahm eine Handvoll rohen Reis und zerkaute ihn zu einem Brei, um das Kind damit zu füttern. Tuyens Frau lag auf einem Haufen Bananenblätter, sie hob die Hand, um das Gesicht des Babys, seine Arme und Beine noch einmal zu berühren, dann schickte sie Han weg. »Geh jetzt!«

Han ließ ihr ein wenig Reis zurück, den sie mitgebracht hatte, dann verschwand sie mit Ti in der schwarzen Nacht. Draußen war es kalt und nass, und die Partisanen hatten ihren Posten verlassen und im Haus meines Großvaters Zuflucht gesucht. Das Licht der Sturmlampe erleuchtete den Salon und das Geschrei und Gelächter ermöglichten es dem Baby Ti, ohne Schwierigkeiten zu entkommen. Han brachte Ti nach Hanoi, dann nach Haiphong. Sie schaffte es, einen Platz auf einem der Schiffe zu ergattern, die nach Saigon fuhren, und verschwand so aus dem Norden.

Als es ihnen wieder einmal gelungen war, einander zu sehen, sagte Tuyens Frau zu meiner Mutter: »Ich habe Ti in Sicherheit gebracht, jetzt kann ich sterben.« Einige Tage lang hustete sie Blut und starb dann, gekrümmt wie eine Garnele, auf ihren Bananenblättern. Meinen Eltern wurde erlaubt, sie in eine Strohmatte zu wickeln und auf dem Friedhof in Con zu beerdigen. Onkel Tuyen ist nie mehr zurückgekommen, obwohl Onkel Ca ihm erzählte, dass Han das drei Monate alte Baby mitgenommen hatte und dass seine Frau erbittert über seine Niedertracht eines schrecklichen Todes unter Fremden gestorben war. Er kam nicht einmal her, um das Grab seiner Frau zu besuchen, obwohl er es heimlich hätte tun können. Irgendwie verschleierte er seine Vergangenheit. Seine Papiere waren angeblich bei einem Überfall verloren gegangen, Bekannte aus seiner früheren Heimatgegend mied er, und wenn wirklich einmal jemand neugierig nach seiner Herkunft fragte, blieb er ruhig und gelassen. Er war bewusst sehr tief abgetaucht, und als er wieder auftauchte, hatte er bereits eine sehr hohe Position. Er heiratete eine Frau mit verbürgt einwandfreier Herkunft, die aus einer einfachen Bauernfamilie stammte und nach der revolutionären Landreform einen Kleinhandel betrieb. Viele Jahre in Folge war er ein hochrangiger Kader an der Spitze der lokalen Verwaltung, die nur Hanoi direkt unterstand. Er kannte sehr hochgestellte Persönlichkeiten, deshalb gehörte er häufig als wichtiges

Mitglied den Gruppen an, die im offiziellen Auftrag ins Ausland reisten. Seine Füße trugen ihn in alle Welt und seine Hand unterzeichnete Verträge in vielen Regionen. Aber in diesen Zeiten angenehmer Aufgaben und glorreicher Verdienste gab es Momente der Grausamkeit wie damals, als er kaltblütig Tausende junge Leute in den amerikanischen Bombenhagel schickte. Niemand entkam seinen blindwütigen Befehlen. In all diesen Jahren erhob er niemals seine Hand, um auch nur ein einziges Leben zu retten.

Fünf Monate, nachdem sie mich zur Welt gebracht hatte, starb meine Mutter am Kindbettfieber. Es gab keine Medikamente und keinen Reis. Die Familie konnte nichts tun, die Partisanen kontrollierten oder verboten alles. Mein neunjähriger Bruder Toan schlich sich in die Felder, grub heimlich Süßkartoffeln aus und las auf die Erde gefallene Reiskörner auf, um mich zu ernähren. Mein Vater lag ernstlich krank zu Hause. Er hörte mich vor Hunger schreien, konnte mir aber nicht helfen. In dieser Zeit war das Dorf voll von Soldaten aus dem Süden, die regruppiert worden waren.[44] Sie waren nur arme Bauern in Uniform und sie hassten die Kinder der Grundbesitzer ebenso wie die Grundbesitzer selbst. Sobald sie eines erblickten, stürzten sie sich darauf und schlugen zu. Die Kinder der Grundbesitzer hatten solche Angst, dass sie sich tagsüber nicht auf die Straße trauten. Die Soldaten kamen eines Morgens zu uns, als mein Bruder auf der Suche nach Gemüse unterwegs war. Sie stellten sich um meinen bettlägerigen Vater herum auf. »Nieder mit diesem Sohn eines Grundbesitzers!« Der hasserfüllte Ton entsetzte meinen schwer kranken Vater dermaßen, dass er aus dem Bett sprang und in den Hof rannte. Zwei Mann schlugen ihm mit Stangen auf den Kopf. Da sprang er in den Teich, wo wir früher Lotus gezüchtet hatten. Die beiden waren so außer sich vor Hass, dass sie ihm nachsprangen und seinen Kopf mit Steinen traktierten. Sie ließen erst von ihm ab, als er tot war. Mein Vater starb mit dem Kopf unter Wasser, sein Hirn und sein Blut verteilten sich auf der Oberfläche des mit Entengrütze zugewachsenen Teiches.

Toan kam nach Hause und fand mich nur noch schwach wimmernd vor Hunger und unseren Vater tot. Er war erst neun Jahre alt! Unsere Schreie waren laut genug, um freundliche Seelen zu erreichen. Der alte Pächter, der früher für meinen Großvater die Hausarbeit gemacht hatte, half uns, unseren Vater zu begraben, und dann nahm er uns bei sich auf. Der alte Mann brachte es fertig, mir jeden Tag eine Schale Reis zu geben. Ich kränkelte, war kraftlos wie ein keuchendes kleines Kätzchen, aber ich überlebte. Nach einiger Zeit ging die Welle des Hasses zurück, und meine Tante kam aus der Provinzstadt, um uns abzuholen, damit wir bei ihr aufwuchsen. Toan besuchte die Mittelstufe, während ich immer noch sehr klein war. Er absolvierte die siebente Klasse, studierte dann drei Jahre Pädagogik und wurde Lehrer. Er entwickelte sich zu einem großen schlanken Mann, war aber immer deprimiert. Jetzt erst verstand ich, warum mich Quang, als ich ihn zum ersten Mal sah, an das Gesicht meines Bruders erinnerte.

Während eines Kritikseminars[45] für Lehrer in einem Kreis nahe der Provinzhauptstadt stand ein Mann mit weißer Brille auf dem Podium und sagte freundlich:

»Unter uns befinden sich wahrscheinlich viele Leute, die während der Landreform fälschlich angeklagt worden sind. Genossen, bitte tragt alles vor, sprecht frei heraus.«

Toan ging zum Podium und erklärte leidenschaftlich: »Meine Großeltern gaben Reis für die Soldaten. Mein Vater war am Sturz der Regierung 1945[46] beteiligt. Er war im Widerstandskomitee des Kreises. Die Familie meiner Großeltern hat der Revolution zwei Märtyrer gegeben. Warum wurde mein Vater zu Tode geprügelt, und warum ist das nie untersucht worden?«

Der Herr mit der weißen Brille schüttelte meinem Bruder freundlich die Hand und versprach, mit seinen Vorgesetzten darüber zu sprechen.

Toan kehrte in seine Schule zurück. Zwei Wochen später erhielt er eine Vorladung ins Büro des Direktors. »Sie haben sich unmoralischer Beziehungen mit einer Frau schuldig gemacht. Das Erziehungswesen braucht Leute mit einwandfreiem Betragen.« Der Direktor hielt ihm eine Entlassungsverfügung vor die Nase, die bereits vom Leiter der Schulbehörde unterschrieben war. Natürlich wusste Onkel Tuyen als Stadtoberhaupt über diese Verfügung längst Bescheid, aber seit langem wagten es seine Verwandten nicht mehr, Kontakt zu ihm aufzunehmen. Er empfing keinen einzigen … Toan verstand, worum es ging. Er war verliebt in seine Kollegin Kim, die in derselben Schule unterrichtete und schon verheiratet war. Zu der Zeit war das ein schweres Vergehen. Aber er war sich im Klaren darüber, dass ihn über den Schulverweis hinaus noch etwas viel Schrecklicheres erwartete und dass dies das Ende für ihn bedeutete: Er bekam den Befehl, in seinen Geburtsort zurückzukehren, nach

Quyet Tien, das Dorf voll schlimmer Erinnerungen und voller Bauern, die die Kinder der Grundbesitzer nach wie vor hassten. Sie hatten Angst, dass das Stückchen Land, das an sie verteilt worden war, zurückgefordert oder es irgendwelche anderen Probleme geben würde. Er kam zum Haus meiner Tante, um mich zu sehen. Er hielt mich in seinen Armen und weinte. Ich verlangte, mit ihm ins Dorf zurückzugehen.

»Ich gehe nirgendwohin zurück«, sagte er, »und du musst hierbleiben. Du musst studieren, damit du eine gebildete Person wirst.«

Ich war noch so klein, wie hätte ich seinen seelischen Zustand begreifen können? Mein Bruder brach auf in Richtung Bahnhof, dann warf er sich unter den Zug nach Hanoi. Meine Tante wollte mich nicht hinlassen, aber ich hörte die Leute erzählen, wie der Kopf, die Arme, die Beine meines Bruders … zu einem Brei zermalmt auf den Gleisen lagen. Ich war starr vor Entsetzen. Das Gefühl der Angst vertrieb das Gefühl der Liebe. Ich war jedoch immer noch zu klein, um wirklich zu verstehen, was Unheil bedeutet.

In diesen Jahren lebte mein Onkel Tuyen in seiner bewachten Villa. Als Cay erwachsen war, ging sie zum Studium nach Europa. Onkel Tuyen erlaubte ihrem Bruder Vi, im Ausland Chemie zu studieren, und als er zurückkam, verschaffte er ihm einen Posten im städtischen Planungskomitee. Die ältere Schwester Huong studierte Physik und arbeitete dann im Kernforschungsinstitut. Was den jüngsten Sohn Hoang angeht, so studierte er Automatisierungstechnik, und sein Vater schuf für ihn eine Stelle im Preisüberwachungskomitee. Die

Berufe der Kinder passten zu allen Sektoren der Gesellschaft und würden niemals politischen Turbulenzen oder Veränderungen ausgesetzt sein. Er war vorausschauend in jeder Hinsicht, außer in dem einen Fall, den er nicht vorhersah: Zwei seiner Kinder waren sich im Auf und Ab des Lebens begegnet, hatten sich ineinander verliebt und wollten nun heiraten.

* * *

Am nächsten Morgen bestand Onkel Ca darauf, nach Hanoi zurückzukehren. Onkel Tuyen bestimmte, dass Cay ihn im Auto hinfahren sollte. Sie war eine sehr gute Fahrerin. Quang blieb zurück. Quang und Cay waren überrascht angesichts des eingefallenen Gesichts ihres Vaters. Er winkte Cay näher zu sich. »Ich fühle mich sehr müde. Lass Quang hierbleiben, so kann ich einiges mit ihm besprechen. Du fährst Onkel Ca und kommst dann morgen zurück.«

Quang und Cay gingen Hand in Hand die Treppe hinunter. Ich spähte durchs Fenster: Unter dem großen Mangobaum im Garten küssten sie sich. Ihre Küsse waren alles andere als diskret. Ich dachte an den Stapel Hotelrechnungen in Cays Geldbörse. Sie hatten in einem teuren Hotel für zwei Wochen ein Zimmer gebucht. Ich betete zum Himmel, dass Cay nicht schwanger war. Denn dann würde ihrer beider Kind vielleicht ohne Arme oder Beine geboren werden. Oder seine Nase oder seine Augen würden nicht so sein wie bei Kindern von Eltern, die verschiedenen Familien entstammten.

Onkel Ca packte seine Sachen und murmelte kopfschüttelnd vor sich hin: »Was für ein Unglück, was für eine Schande. Genug. Ich bin bereit zu sterben.« Er wandte sich mir zu. »Wozu sollte ich noch länger leben?«

Als Cay weg war, sagte Onkel Tuyen: »Sag Quang, dass er hierherkommen soll.«

Quang stand am Gartenzaun bei Hoang. Als er mich rufen hörte, kam er heraufgerannt. Ich war betroffen: Im Tageslicht sah er Onkel Tuyen so ähnlich, vor allem die Augenbrauen, das Kinn und die Lippen. Sogar seine breiten, vornehmen Ohren hatten jene besondere Form, wie es sie nur bei Leuten aus dieser Familie gab. Er streichelte mir über den Kopf. »Der Alte ruft nach mir, ja?«, fragte er. Ich nickte. Er lief geschwind hinauf.

Ich traute mich nicht, dabei zu sein, wenn Vater und Sohn ihre Verwandtschaft feststellen würden. Ich ging hinunter in die Küche und half Onkel Tuyens Frau mit den Frühlingsrollen. Heute würde nur die Familie speisen. Sie war verstimmt über Onkel Cas plötzlichen Abschied.

Ich sagte: »Alte Leute sind ebenso unberechenbar wie Kinder. Warum regst du dich auf?«

Obwohl meine Tante eine kluge Frau war, hatte sie keine Ahnung, dass ihr Mann damals seine Frau und sein Kind wie in einem großen Kessel kochenden Öls im Stich gelassen, sie auf grausame und brutale Weise verlassen hatte, um sich selbst zu schützen, dass er sich verhalten hatte wie ein wildes Tier.

Sie rollte die Blätter für die Frühlingsrollen, hob die Hand, um sich eine Locke aus der Stirn zu wischen. Ein Topf Brühe mit Rippchen begann zu kochen, also nahm sie den Deckel ab und legte ihn einfach auf den

Boden. Obwohl sie eine Dame geworden war, hatte sie noch immer diese lässigen Gewohnheiten der Frauen vom Land. Irgendwie hatte sie es geschafft, ihre Stimme weicher und süßer klingen zu lassen, weich wie Korken, süß wie Sirup, was mir immer einen Schauder den Rücken hinunterjagte. Solange ihr Mann noch im Dienst war, hatte sie nie begreifen wollen, wer ich sei. Sie, die selber aus einfachen Verhältnissen stammte, verachtete, als sie erst eine Dame geworden war, von ganzem Herzen alle, die im Rang unter ihr standen. Sie begleitete ihren Mann wiederholt auf seinen Reisen in reiche Länder. Und wohin sie auch kam, ließ sie aus Habgier aus den Hotelzimmern alles mitgehen, von den Streichhölzern bis zu den Seifenstückchen. Typisch für Leute ihrer Herkunft, konnte sie ihre Gier nach trivialen Dingen nicht unterdrücken. Sie behandelte alle schlecht, vom Chauffeur bis zur Verkäuferin im Lebensmittelladen. Sie war wie ein Dienstmädchen, das in ein reiches Haus kommt und vergisst, dass sie immer noch ein Dienstmädchen ist … Immer wenn ich sie ansah, verspürte ich tiefe Abneigung und hegte böse Gedanken. Sie hatte Cay geboren. Aber nach all diesen Ereignissen hatte ich das Gefühl, dass Cay in Wirklichkeit die Tochter meiner Tante war – der Frau, die Quang zur Welt gebracht hatte. Und so hatten sie dieselbe Mutter, und unglücklicherweise hatte die grausame Hand des Schicksals sie nach leidvoller Trennung wieder zusammengebracht.

Nach einer Stunde ging ich auf Zehenspitzen die Treppe hoch. Onkel Tuyen lag da wie bewusstlos. Ich rannte hinunter in den Garten. Quang saß auf der

Steinbank neben dem Zaun und rauchte eine Zigarette. Ich setzte mich neben ihn. Schweigend nahm er meine Hand.

Niemals zuvor hatte ich ein so trauriges Männergesicht gesehen. Bis dahin hatte ich Verzweiflung nur bei Leuten erlebt, die in der Lotterie verloren hatten, oder bei solchen, denen es nicht gelungen war, einige Quadratmeter mehr an öffentlicher Wohnfläche zu ergattern, oder unter niedrigen Löhnen, Nahrungsmangel oder üblen Scherzen litten … Niemals hatte ich ein solches Gesicht gesehen, eine so unendliche Melancholie, die nichts in der Welt würde lindern können. Vielleicht ist jedes Glück, jede Traurigkeit geprägt durch den kulturellen Hintergrund. Woher die Leute auch kommen, äußern sich Glück und Trauer doch immer im Einklang mit ihrer Kultur. In Quangs Adern floss ein Blut, dessen kulturelles Erbe so beschaffen war, dass er sich selbst als ehrlos empfand, als geschlagen, und dass sein Herz brach, als er sich selbst zu Unrecht so maßlos beschuldigte. Er war nicht länger der Mann, dem an seinem Geburtsort Schreckliches angetan worden war: Jetzt war sein Herz teilnahmslos und kalt wie eine Pflanze.

Ich redete, aber eigentlich hätte ich lieber geweint. »Niemand ahnt etwas. Warte bis morgen, ehe du aufbrichst!«

»Nein, ich gehe noch heute Nachmittag. Sag allen, auch Cay, dass ich plötzlich losmusste, um die Rückkehr meiner Mutter zu organisieren, wie der Alte es verlangt hat. Du musst dir auch etwas ausdenken, denn ich werde nie wiederkommen. Ich werde die Garnelenzucht im Süden aufgeben. Cay wird denken, dass sie an einen Weiberhelden geraten ist. Es ist besser so …«

Die Stimmung beim Mittagessen war wie bei einem Begräbnis. Onkel Tuyen war traurig. Quang war traurig … Wer könnte in so einer Lage guter Laune sein? Cays Geschwister und ihre Freunde und Freundinnen standen vor einem Rätsel. Nur Onkel Tuyens Frau merkte nichts. Oberflächliche Seelen wie sie erweisen sich in solchen Augenblicken als sehr nützlich. Sie dachte, die Frühlingsrollen seien versalzen und das sei der Grund, warum die Leute es sich nicht schmecken ließen. Als Quang erklärte, er habe einen wichtigen Geschäftstermin und müsse den Vereinigungsexpress[47] um zwei Uhr nehmen, waren alle erstaunt. Er sagte: »In genau einer Woche bin ich wieder hier!«

Von diesem Moment an sagte niemand mehr etwas, außer Onkel Tuyens Frau, die weiterschnatterte. Sie war die glücklichste Person im Raum, weil sie sich nicht vorstellen konnte, irgendjemand könnte ernsthafte Sorgen haben. Wenn sie nicht ständig weitergeredet hätte, wären alle anderen in Tränen ausgebrochen.

Ich war dabei, als Vater und Sohn in Onkel Tuyens Zimmer voneinander Abschied nahmen. Quang umarmte den Fremden, der sein Vater geworden war, und schluchzte: »Vater! Vater, bitte vergib mir!«

»Nein, es ist nicht deine Schuld. Geh jetzt. Nach einer Weile werde ich mit deiner Schwester reden … Bitte vergib mir …«

Beide weinten.

Der Vereinigungsexpress hatte die Stadt durchquert und fuhr in den Bahnhof ein. Quang ging zum Schlafwagen. Durch das Zugfenster schaute er auf mich und Cays Geschwister. Sein Gesicht war bleich. Ich spürte, dass das Leben dieses Gesicht bereits verlassen hatte.

Am nächsten Abend kam Cay nach Hause. Sie wollte von keiner Erklärung etwas wissen. Sie war sogar böse auf mich. »Was weißt du denn schon? Du hast nie jemanden so geliebt, wie kannst du mich verstehen? Nein, unterbrich mich nicht. Warum ist er weggefahren? Wir haben uns doch so sehr geliebt.«

In derselben Nacht nahm auch sie den Vereinigungsexpress. Onkel Tuyen wurde krank. Die geräumige Villa wirkte leer und deshalb umso größer. Ich blieb ein paar Tage bei ihm, dann musste ich zu meiner Arbeit zurück. Die Zeitung wollte, dass ich meine Reportage über dieses Verbrechen im Kreis V. zu Ende schrieb. In dieser Zeit waren Artikel mit solchen Geschichten sehr gefragt. Da brauchte der Straßenverkäufer nur zu brüllen: »Sohn tötet seinen Vater und schlitzt ihm den Bauch auf!«, und die Zeitungen gingen weg wie frische Garnelen. Wir würden unser Geld kriegen, sogar einen Bonus, und in unserem Leben würde es ein bisschen mehr Licht geben, im wörtlichen Sinn. Ich war es leid, aber ich musste es tun.

Ehe ich in den Kreis zurückfuhr, erhielt ich ein Telegramm von Cay: »Habe überall gesucht, kann Quang nicht finden. Komm. Hilf mir.« Aber konnte ich hinfahren? Das Beste wäre, ihn nicht zu finden.

Sie hatten den Mann, der seinen Vater getötet hatte, ins Polizeihauptkommissariat der Provinz gebracht. Ich brauchte nicht mehr so weit zu fahren. Er saß an einem Tisch auf der anderen Seite der eisernen Stangen. Ich saß auf dieser Seite, meinen Notizblock aufgeschlagen vor mir. Was ich wissen wollte, war, weshalb er seinen Vater auf so brutale Weise umgebracht hatte. Ich fragte ihn sanft, freundlich, nicht im Ton eines Verhörs, sondern dem eines einfachen Gesprächs unter jungen Leuten. Er starrte mich an. Er schien voller Hass, nicht mehr teilnahmslos wie zuvor. Ich nahm das als hoffnungsvolles Zeichen dafür, dass er etwas sagen würde, obwohl er immer noch bleich war, ausgezehrt, kalt und ohne jede Regung von Reue. Ich wartete geduldig eine ganze Weile. Ich lächelte ihn sogar an.

Schließlich, als hätte man ihn von innen angestoßen, sprang er auf wie ein wildes Tier, knirschte mit den Zähnen und schlug sich mit beiden Fäusten vor die Stirn.

»Was wollen Sie wissen?«, brüllte er. »Warum wollen Sie es wissen? So einen niederträchtigen Kerl muss man doch töten. Gemein sein Leben lang. Wer könnte das aushalten? Was immer ihr mit mir vorhabt, los, tut es. Zerschneidet mein Fleisch und werft es den Hunden vor. Was ihn angeht, er war ein Teufel, gewissenlos, ich konnte nicht mit ihm leben …«

Er tobte fürchterlich, wie von Sinnen. Man musste ihn packen und in seine Zelle zurückbringen. Ich seufzte. Noch so eine furchtbare Geschichte? Wenn man da etwas wissen wollte, musste man sie von ihren Anfängen her untersuchen, aber die Geschichte von Onkel Tuyens Familie hatte mich alle Kraft gekostet.

Ich kehrte zurück zu meinem kleinen Zimmer. Ich brauchte das jetzt: an diesen schmucklosen Ort zurückzukommen, den ich nun wie eine Oase empfand, wo es niemanden gab, der mich belästigte, keine Tragödien.

Ich würde die Freiheit haben, allein zu schlafen, allein nachzudenken und allein auf mein Bild *Die ewige Ruhe über allem* zu starren.

Ich öffnete die Tür und ging hinein. Ein Telegramm war unter der Türe durchgeschoben worden und lag vor mir. Ich öffnete es und las: »Quang hat sich umgebracht im Hotel M., fünfter Stock, Zimmer Nr. … Das Opfer hat darum gebeten, dass das Personal Sie informiert. Bitte kommen Sie und helfen Sie uns.«

Vielleicht musste die Geschichte so enden. Aber ich konnte den Gedanken nicht ertragen, dass das hübsche Gesicht meines Vetters so verschwinden würde, sich langsam zersetzen in der schwarzen Erde …

Anmerkungen

1 Wörtlich Perlmutt-Baum, Mahagoni-Art (*Khaya senegalensis*)
2 In einem Strafbataillon befanden sich Überläufer, die gefasst wurden, sowie Männer, die den Kriegsdienst in der Armee Südvietnams verweigerten, und Leute, die sich weigerten, in »Wehrdörfer« zu ziehen. Sie wurden zu besonders anstrengenden oder gefährlichen Arbeiten gezwungen.
3 Militärzone Eins: die nördlichste von vier Militärzonen, in die die USA Südvietnam eingeteilt hatten. Sie lag direkt an der Demarkationslinie am 17. Breitengrad und umfasste fünf Provinzen. Die provisorische Demarkationslinie zwischen Nord- und Südvietnam wurde auf der Genfer Konferenz 1954 festgelegt, damit sich die gegnerischen Truppen regruppieren konnten bis zu den Wahlen, die für 1956 vorgesehen waren, von den USA allerdings verhindert wurden.
4 Fluss an der Demarkationslinie, 17. Breitengrad
5 McNamara-Zaun s. Glossar
6 Um 1969 kämpften auf Seiten der USA 49 000 südkoreanische Soldaten. Sie galten als besonders grausam.
7 Südvietnam
8 Zitat aus einem Volkslied über die Stadt Can Tho
9 Das Jahr des Hahns kommt im Mondkalender (s. Glossar) alle 12 Jahre vor, alle 60 Jahre wird es als Jahr des Holz-Hahns bezeichnet, hier ist also 1945 gemeint.
10 Bao Dai: letzter Kaiser Vietnams, der mit den Franzosen sympathisierte
11 Gefertigt in Gia Dinh, der Gegend um Saigon. Steht für besonders gute Qualität.
12 Sentimentales Lied des bekannten Komponisten Van Cao aus dem Jahr 1941
13 Baguette, Wurst und Apfel: ein eher französisches Essen, nur Wohlhabenden vorbehalten
14 Gegen die Franzosen
15 Wahrscheinlich ist Ho Chi Minh gemeint.

16 In den Süden
17 Kürzel für bung = geheimer Stützpunkt, allgemein für »im Untergrund«, »im Süden«
18 Damals unbebautes Gelände außerhalb der Stadt
19 Diese Geste ist nur unter sehr guten Freunden akzeptabel, sonst ist jedes Kopf-Anfassen respektlos, beleidigend.
20 Es war das Jahr der äußerst verlustreichen Tet-Offensive.
21 Mit Norden ist hier wohl China gemeint.
22 *Centella asiatica*, Armeleutenahrung und bekannte Heilpflanze, die entgiftend, fiebersenkend, wundheilend wirkt
23 Neujahrsfest nach dem vietnamesischen Mondkalender, etwa im Februar; Frühlingsanfang, also sollten die Pflanzen eigentlich gut wachsen und frisch und grün sein.
24 Cholon ist das Chinesenviertel in Saigon.
25 Aufgrund von intensiver Propaganda aus dem Süden zogen vor allem viele Katholiken um: ganze Gemeinden, der Priester an der Spitze. Der von den USA eingesetzte katholische Ministerpräsident Diem wollte so seine Macht festigen.
26 30. April 1975, als Saigon befreit wurde.
27 General Duong Van Minh, im April 1975 für zwei Tage Ministerpräsident der Republik Südvietnam, unterschrieb die Kapitulationserklärung am 30. April.
28 Gemeint ist das Gras über seinem Grab, Andeutung, dass er hier sterben werde.
29 Eine Hirseart
30 Gemeint sind die militärischen Auseinandersetzungen mit dem Pol Pot-Regime im Süden und mit China im Norden.
31 Auf Druck der USA wurde nach dem Krieg gegen Vietnam ein totaler Wirtschaftsboykott verhängt.
32 Als Schmiergeld
33 Hier sind Organisationen, Parteien oder Gruppen aufgezählt, die entweder direkte Ausführungsorgane der südvietnamesischen Regierung waren (z. B. bei der Kampagne »Die Mutter Gottes ist in den Süden gegangen« oder dem sogenannten Wehrdörfer-Programm) oder oppositionelle Parteien, die nach dem Krieg teils vom Ausland aus agierten.
34 Nach dem Sieg über die Franzosen bei Dien Bien Phu 1954

35 Die sogenannte »indochinesische Föderation«, die parallel zur Demokratischen Republik Vietnam aufgebaut wurde und diese verdrängen sollte

36 »Hai« = zwei. Phong spricht ihn als »Onkel Zwei« an, der Alte war also das zweitälteste Kind in seiner Familie (s. auch Glossar »Anrede«).

37 Französisch »Allez hop!«

38 Besonders in Nordvietnam beliebte Reisnudelsuppe

39 Im Jahr der Schlange, hier: 1953

40 Mit dem Wechsel zum Sie soll angedeutet werden, dass sie nun den Onkel vor allem als Respektsperson anspricht.

41 Eine alte vietnamesische Legende erzählt die tragische Geschichte eines Seefischers, der eines Tages eine schreckliche Wahrheit entdeckt: Seine Frau ist in Wirklichkeit seine Schwester, die er seit langem tot geglaubt hat. Er fährt aufs offene Meer hinaus, um niemals wiederzukehren. Jeden Tag bringt seine Frau ihr Kind an die Klippen und wartet auf die Rückkehr ihres Mannes. Die Götter haben Mitleid mit ihnen und verwandeln sie in Felsgestein. Seitdem wenden sich Seeleute in Not an diesen »Stein des Wartens« und sagen: »Mach, dass wir heil wieder zurückkommen, denn unsere Frauen und Kinder warten auf uns.«

42 Da sie nie in die Felder gegangen ist, hat sie sich noch nie an den Füßen verletzt. Blutegel fängt man sich bei der Feldarbeit ein, vor allem in den wasserüberfluteten Reisfeldern.

43 Bei der Landreform der 1950er wurde das Eigentum der Großgrundbesitzer konfisziert und neu verteilt.

44 Das Genfer Abkommen 1954 schrieb vor, dass alle Widerstandskämpfer sich in den Norden begaben, auch die aus dem Süden. Es sollte ja nur für zwei Jahre sein.

45 *cuoc chinh huan:* Sitzungen und Kurse, in denen die Fehler der Landreform anerkannt und diskutiert wurden

46 Gemeint ist die von Frankreich und Japan unterstützte Regierung des Kaisers Bao Dai

47 Schnellzug zwischen den beiden großen Städten, der nur an wenigen Bahnhöfen hält

Glossar

Ahnenverehrung, Ahnenkult

In praktisch jedem Haus gibt es einen Ahnenaltar, wo die Vorfahren des Ehemannes geehrt werden. Dazu werden Namenstafeln bzw. Fotos der Verstorbenen aufgestellt (mindestens drei Generationen), Räucherstäbchen entzündet (besonders zum jährlichen Gedenken am Todestag) und regelmäßig frische Früchte, aber auch Zigaretten und andere Genussmittel dargeboten. Die Ahnenverehrung steht nicht in Konflikt mit irgendeiner Religionszugehörigkeit.

Anrede (kulturelle Übersetzungsfragen)

Im Vietnamesischen gebraucht man fast nie einfache Personalpronomen wie »ich«, »du«, »er«, »sie«. Auch an den Verben kann man die grammatische Person nicht erkennen, weil sie nicht flektiert werden. Im Übrigen werden selten explizite Zeitangaben gemacht, da bleibt vieles in der Schwebe, was bei der Übersetzung ins Deutsche genau festgelegt werden muss.

Die Anrede richtet sich nach Alter, Familienstand oder gesellschaftlicher Stellung. Zum Beispiel: Ältere reden Jüngere mit »kleine Schwester/kleiner Bruder« an, umgekehrt »großer Bruder/große Schwester« oder »verehrter Onkel« etc., auch wenn gar keine Verwandtschaftsbeziehung besteht. Man kann also nicht einfach »du« sagen, sondern muss die Anrede gemäß familiärer/sozialer Stellung/Beziehung wählen, und von sich selbst spricht man auch meist nicht von »ich«, sondern bezeichnet sich entsprechend ebenfalls als »jüngere/ältere Schwester«, »Tante« etc.

Auf dem Land, vor allem im Süden, verwendet man für die nachbarschaftlich-freundliche Anrede auch Zahlen, die angeben, die wievielte Tochter/der wievielte Sohn die/der Angesprochene in ihrer/seiner Familie ist, also z. B. »Bruder Hai« (der 2. Sohn), »Tante Ba« (die 3. Tochter).

Augustrevolution
So wird die Ausrufung der Demokratischen Republik Vietnam 1945 bezeichnet, des ersten souveränen vietnamesischen Staates seit der Kolonialherrschaft.

CBU-Bomben
Cluster Bomb Unit, Streubombe. Es gab eine Vielfalt von Streubomben, gefüllt mit Splittern, Nadeln, Metallkugeln etc. Die verstreuten Partikel konnten auch eigene Explosivstoffe enthalten oder Benzin zur Verursachung von Bränden.

elektrischer Zaun s. McNamara-Zaun

Jahr der Schlange s. Mondkalender

Jahr des Affen 1968 s. Tet-Offensive

Landreform
In Vietnam gab es viele Landreformen, meist ist die der 1950er Jahre gemeint, bei der die feudale Landverteilung abgeschafft, die Großgrundbesitzer enteignet und das Land an die Bauern verteilt wurde. Später entstanden Kooperativen. Bei dieser Landreform kam es anfangs zu gewalttätigen Übergriffen seitens der Bevölkerung und unerfahrener Kader gegen Grundbesitzer und bürgerliche Familien. Ho Chi Minh und Vo Nguyen Giap fuhren in die betreffenden Provinzen und entschuldigten sich im Namen der Regierung.

McNamara-Zaun
Er wurde 1967 installiert und im Volksmund auch »elektrischer Zaun« genannt. US-Verteidigungsminister Robert McNamara ließ die Demarkationslinie am 17. Breitengrad mit aufwendiger Technik sichern, um Infiltrationen aus dem Norden zu verhindern. Das Ganze lief unter dem Namen »project practice nine«, ausgearbeitet von einer Jason genannten Wissenschaftlergruppe. Die plante auch die Automatisierung des Luftkriegs und weitere Maßnahmen mit dem Ziel, möglichst wenige US-Soldaten direkt in Kampfhandlungen zu verwickeln.

Mondkalender
In Vietnam (und anderen Ländern Asiens) werden die Jahre oft nicht mit den gemäß Gregorianischem Kalender gebräuchlichen Jahreszahlen bezeichnet, sondern nach dem Tierkreiszeichen im Mondkalender, also »Jahr der Schlange« etc. Dabei entstehen durch Kombination der 12 Tierkreiszeichen (Ratte, Büffel, Tiger, Katze, Drache, Schlange, Pferd, Ziege, Affe, Hahn, Hund, Schwein) mit fünf Elementen (Holz, Feuer, Erde, Metall, Wasser) größere Zyklen von 60 Jahren.

Tet-Offensive
Großoffensive der Befreiungsfront im Januar/Februar 1968, bei der mehrere große Städte Südvietnams erobert wurden und sogar eine vorübergehende Besetzung der US-Botschaft in Saigon gelang. Nach einer Schockpause eroberten die Saigoner und US-Streitkräfte die Gebiete wieder zurück, es gab hohe Verluste auf Seiten der Befreiungsfront. Dennoch markierte die Offensive den Wendepunkt vom Guerillakrieg zum offenen Krieg. Beobachtern war von da an klar, dass die USA den Krieg nicht gewinnen konnten.

Totengeld
Verkleinerte Geldscheine aus Papier (nicht nur in der vietnamesischen Währung), die man auf allen Märkten bündelweise kaufen kann, um sie bei der Beerdigung (neben Lebensmitteln) den Toten mitzugeben. Denn nach volkstümlicher Auffassung gibt es im Totenreich kostenpflichtige Zeremonien und anderweitige Gebühren. Früher wurde reichen Mandarinen richtiges Geld (Sapeken) sowie wertvoller Schmuck und Gold ins Grab gelegt.

Truong Son-Bergkette/Ho Chi Minh-Pfad
Die Troung Son-Bergkette zieht sich am westlichen Rand von Zentralvietnam entlang und ist die geografische und ethnische Grenze zwischen dem zum chinesischen Kulturkreis gehörenden Vietnam und den beiden zum indischen Kulturkreis gehörenden Ländern Laos und Kambodscha. Dieser Umstand ist auch der Grund dafür, dass sich Vietnam in der frühen Zeit der Ausdehnung von Norden immer nur nach Süden ausgebreitet

hat und nie nach Westen. Durch diese Gebirgskette zog sich auch der berühmte Ho Chi Minh-Pfad, ein Geflecht von Straßen und Verbindungswegen, das erst zur Versorgung der Armee der Befreiungsfront diente und später zum Nachrücken nordvietnamesischer Truppen.

Umerziehungslager

Die Umerziehungslager waren die Reaktion der revolutionären Administration kurz nach dem Sieg 1975. Angehörige der südvietnamesischen Armee und ihres Verwaltungsapparats wurden nicht vor Gericht gestellt (auch wenn ihnen Kriegsverbrechen nachgewiesen werden konnten), sondern erhielten die Möglichkeit, sich für ein friedliches Leben im neuen Staat zu entscheiden und zu qualifizieren. Im Vordergrund stand nur anfangs die politische Erziehung, später eine Berufsausbildung. Die Lager wurden im Rahmen der offiziellen »Politik der Versöhnung« organisiert. Wären die Kriegsverbrecher vor Gerichte gestellt worden (die man auch erst hätte schaffen müssen), so hätte man sie nach vietnamesischem Recht zum Tod verurteilen müssen. Nicht nur aus Angst davor, wie das international ankommen würde, entschied man sich bewusst gegen solche Strafverfahren. Die Befreiungsfront und die Kommunistische Partei Vietnams strebten einen friedlichen Übergang an: Sie wollten vor allem die Einheit des ganzen Volkes wiederherstellen, bis heute ein zentrales politisches Ziel der vietnamesischen Regierung.

Van Cao

Bekannter Komponist, der 1945 die Nationalhymne der DRV und später des vereinigten Landes komponierte. Von ihm stammen auch sentimentale Lieder wie *Thien thai*, »Reich der Feen« (Paradies), eine romantische Liebeserklärung an die Heimat und ihre Entstehungslegenden.

Verbindungsagent

Der Guerillakrieg wurde vor allem auf dem Land und von der Bauernbevölkerung ausgetragen. Aber es gab auch Widerstandsgruppen in den großen Städten, namentlich in Saigon. Spezielle Verbindungsagenten sorgten für die Koordinierung der einzelnen Aktionen.

Vietnam

Heute ist Vietnam vereinigt und trägt seit 1975 den offiziellen Staatsnamen »Sozialistische Republik Vietnam« (SRV). Davor war das Land zweigeteilt: der Norden ein souveräner Staat mit dem Namen »Demokratische Republik Vietnam (DRV), der Süden hieß offiziell »Republik Vietnam« und stand praktisch unter der Herrschaft der US-Armee. Die Truppen des Südens wurden in Nordvietnam »Marionetten« genannt. 1975 wurde dieser Ausdruck offiziell verboten, und in Geschichtsdarstellungen taucht seitdem die Bezeichnung »republikanisch« für die Streitkräfte und Bewohner Südvietnams auf.

Vietnamkrieg

»Vietnamkrieg« bezeichnet umgangssprachlich in der Regel den amerikanischen Krieg in Vietnam. Da gab es aber vorher den französischen. Korrekt wäre es also, von »den Vietnamkriegen« zu sprechen. Der erste begann schon 1885 mit Protesten vietnamesischer Gelehrter oder Mandarine (Can Vuong, »dem König dienen«) gegen die Kolonialmacht. Von da an reißt die Folge der Revolten nicht mehr ab. 1941 gab sich der Widerstand mit der Gründung der Bündnisorganisation Viet Minh eine einheitliche Führung. 1945 begann kurz nach der Augustrevolution der eigentliche Krieg gegen die Kolonialmacht Frankreich, maßgeblich unterstützt von den USA. Er dauerte bis zur Genfer Konferenz 1954 und dem Sieg von Dien Bien Phu. Der amerikanische Krieg begann etwa zwei Jahre später mit Aufständen gegen das Diem-Regime und die US-»Berater«. 1960 wurde die südvietnamesische Befreiungsfront gegründet. 1964 griffen die USA mit der Landung von Truppen in Da Nang und der Bombardierung des Nordens direkt in den Konflikt ein. 1969 etablierte sich die Befreiungsfront als »Provisorisch-revolutionäre Regierung Südvietnams«. 1973 wurden die US-Truppen durch das Pariser Abkommen gezwungen, Vietnam zu verlassen, 1975 wurde ihr Statthalter in Saigon, Nguyen Van Thieu, besiegt und das Land vereinigt. Dieser letzte Krieg war außerordentlich verlustreich für beide Seiten: 58 000 US-Soldaten fielen, 5 Millionen Vietnamesen fielen oder wurden getötet (inklusive der Opfer des chemischen Krieges bis heute). Und die Infrastruktur, die Anbaugebiete, Dämme und Deiche wurden weitgehend zerstört.